書下ろし

鬼変

討魔戦記①

芝村涼也

祥伝社文庫

目次

序

一

うううう……。

閉ざされた板戸の向こうからは、苦しげな呻《うめ》き声が聞こえてくる。

夏の最中《さなか》だというのに、苦悶《くもん》の声が漏《も》れてくる隣の部屋は、雨戸や明かり取りの窓など室外へと通ずる開口部の全てを、ぴったりと閉め切ったままだ。ふた間しかない番屋の中のもう一方、表戸側の部屋は、虫が入ってくるのも構わず入口の戸を一杯に開け放っているものの、隣の部屋から裏へと風が通り抜けていかないために、蒸し暑さがどんよりと滞留していた。

表戸側の部屋に据《す》えられた簞笥《たんす》などの調度《ちょうど》を見る限り、さほど豊かな暮らしとは思えない一方、真夜中にもかかわらず掛行灯《かけあんどん》（柱などに引っかけて設置する照明器具）にはしっかりと火が灯《とも》されている。ここは、二つの村の田へ水を供給する川の水門の前に設けられた番小屋で、いつ何が起こってもすぐに対処できるように、夜っぴて明かりを絶やさぬ決まりになっているのだった。

「あんた」

三十半ばほどの女が、汗に濡《ぬ》れた髪を顔に貼り付かせたまま板戸の前まで歩み寄り、呻き声が聞こえてくる隣の部屋の中へ、気遣わしげに呼び掛けた。

返事がなくても、さらに言葉を続ける。

「やっぱり煎《せん》じ薬《ぐすり》の支度《したく》をしようか。それとも、お医者様が来てくれるか訊《き》きにいこうかね」

一拍開いて、ようやく返事が戻ってきた。

「……要らねえ。大丈夫だ」

「だけど、あんた」

「要らねえって言ってんだろ！　余計なことを気にしてねえで、そっちで大人しく寝てろっ」

それまでの弱々しさを、かなぐり捨てたような怒鳴り声だった。

意を決して境の戸を開けようとしていた女は、あまりの剣幕《けんまく》に伸ばしかけた手をビクッと引っ込める。そのまましばらく板戸に耳を寄せて中の気配を探っていたが、ついに諦めて、部屋の中央に吊っていた蚊帳《かや》の中へと戻った。

二つ並べられた蒲団《ふとん》の一方では、幼い子供が上半身を起こして、母親が自分の隣に戻るのを待っている。

女は空いているほうの寝具に膝をつくと自分を見上げる幼児《おさなご》へ目をやり、弱々しい笑みを浮かべた。手を伸ばしてきた子供から掻巻《かいまき》をはずすと、さらに腰を浮かせて胸に抱きかかえ、汗で湿《しめ》った頭に頰《ほお》ずりする。

「大丈夫、大丈夫。父《とう》ちゃんも、明日起きたらすっかり元気になってるからね」

抱いた子供を揺らしながら、穏やかな声で囁《ささや》いた。

その間も、隣の部屋からは苦しそうな呻き声が聞こえてくる。

「大丈夫、大丈夫……」

そう繰り返す女は、子供をあやしているというよりも、まるで自分に言い聞かせているように見えた。

ときを掛け、子供がようやく落ち着いたのを確かめた上で改めて寝かしつける。横に添い寝した。薄い掻巻の上から拍子を取るように子供の体をそっと叩き、低い鼻声で子守唄《こもりうた》を唸《うな》る。

子供を気に掛けつつも同時に夫のことを案じ――それでも、わずかにとろとろと微睡《まどろ》んだであろうか。

不意に切迫したものを覚え、ハッと目が醒《さ》めた。

気づけば、ずっと耳を煩《わずら》わせていたあの唸り声が聞こえてこない。隣の部屋は、まるで誰もいなくなったかのようにひっそりと静まり返っていた。

――あんた？

そう呼び掛けようとして、なぜか喉《のど》のところが引っ掛かり、声にならぬまま息を呑み込んだ。どこか、何かが変だ。

――もしかして、あの人が大変なことになってるんじゃ……。

胸の内で不安が急に膨《ふく》れ上がってきて、慌てて身を起こそうとした。

カタリ。

そのとき、隣の部屋との境の板戸が、わずかに音を立てて揺れた。

――なんだ。やっぱり何でもなかったんだ。

ほっとして、起こしかけた体から力が抜ける。

――落ち着いたってことは、もうよくなったんだね。

そう、心の中で独りごちた。

すると、あれほど建て付けの悪かった板戸が音もなくスルスルと開き始める。

目を丸くした女は、向こうの部屋から首だけ出してこちらを覗《のぞ》き込んできた夫と視線を合わせ——自分の見ているモノが夢などではなしに紛《まぎ》れもない現実だと悟ると、声にならぬ悲鳴を上げた。

慣れ親しんできたはずの己の連《と》れ合いは、わずかの間に思ってもいない姿へと変貌《へんぼう》を遂げていた。


ズルリ、ピチャリ。

何か、湿った音がしている。場所は、あの番小屋の表戸側の部屋だ。四隅《よすみ》の釣り手のうち三つが落ちた蚊帳を尻に敷いて、人影らしきモノがひとつ、背中を丸めて何かをやっていた。

ズルリ、ピチャリ。

湿った音は、ほとんど途切れることなく続いている。

と、背を屈《かが》めていた影が顔を上げた。この小屋の主《あるじ》、女房子供を抱えた水門の番人であった。

背筋を伸ばした番人の口の周りや胸元は、わずかな明かりの下だと真っ黒く見える何かで濡れていた。白く細い棒のようなものを放り出した両の手や袖口《そでぐち》も、同じ液体で濡れそぼっているようだ。

あの湿った音が聞こえなくなってからも番人の男が口をクチャクチャと動かしているところからすると、男は何かを喰らっている最中らしい。

つい先ほどまでずっと男を責め苛《さいな》んできた、体が勝手にねじ曲がり、内側から灼熱《しゃくねつ》の炎で炙《あぶ》られるような苦しみは、まるでそんなことなど最初からなかったとでもいうかのように、綺麗《きれい》さっぱり消えてしまっていた。

苦しみから解放された男は、これまで感じたことのなかったほど体に力が漲《みなぎ》るのを感じた。同時に、腹の皮が背中につくほどの空腹も覚える。

――何か、食う物を。

そう女房に頼むつもりで、己が強く言いつけて閉め切らせていた板戸を、自分から開けた。

どうにも抑えきれずに呻吟《しんぎん》していたときには、何か恐ろしいモノが自分の中から飛び出してきそうな気がして、奥の部屋の中にただ独りで閉じ籠《こ》もっていた。

しかしそんなことなど、今はもうすっかり忘れている。

板戸を開けて首を突き出すと、蚊帳の中で寝ていた女房と目が合った。女房はこちらを見て大きく目を見開き、体を強張《こわば》らせていた。

――なんだ、頼むまでもなかったな。

食う物は、すぐそこにあった。

そうして躊躇《ためら》うこと一つなく、無造作に捕まえて喰らいだした。食いでのある大きいほうから先に口をつけたが、ほんの気まぐれで小さいほうにも手を伸ばすと、これが滅法美味《めっぽううま》い。

大きいほうは途中で放り出して、今は小さいほうに夢中になっているところだった。が、それももうすぐ喰らい尽くしてしまう。

――仕方がねえ。こっちを食い切っちまったら、最初に口をつけたほうへ戻るか。

あまり気乗りのせぬまま考えたが、ふといいことを思いついた。

――村へ行きゃあ、まだまだこの小《ち》っこいのと同じような物《の》が一杯《いっぺえ》あるじゃねえか。

いったん気づいてしまうと、もう我慢できなくなってきた。腹は、まだまだ満たされていなかった。

小っこいのの残りを急いで片付けて、新たな食い物を一刻でも早く手に入れようと、もう尻が浮きかけている。番人の男は、手にした肋骨《あばらぼね》にへばりついた肉を、まるで吸い物でも飲むかのように啜《すす》り込んだ。

「浅ましきものよな」

突然、開け放ったままの入口のほうから聞き慣れぬ男の声がした。

番人の男は、手にした食い物はそのままに、声のしたほうへ警戒の視線を飛ばす。

そこには、禿頭《とくとう》でがっちりとした体に袈裟《けさ》を纏《まと》った、僧侶姿の男が一人立っていた。

——誰だ、手前《てめえ》は。

そう呼び掛けたつもりであったが、番人の男の口から出たのは「ガァ」という意味の取れぬ叫び声だけだった。

「ほう、もうだいぶ変化《へんげ》が進んでおるようじゃな」

僧侶姿の男は、冷ややかな目で番人を見つめながら言った。番小屋の中からは噎《む》せ返るほどに濃密な血の臭いが押し寄せてきているはずなのに、表情一つ変えてはいないようだ。

周囲の状況を正確に把握《はあく》できてはおらずとも、目の前の僧侶が己に敵対しようとしていることははっきりしていた。

「ガァ」

番人は手にした肉塊を放り捨て、人とは思えぬほどに長い牙《きば》を剝《む》いて僧侶を威《い》嚇《かく》した。

「こっからは、俺の出番だ」

掠《かす》れた声がして、僧侶の陰から新たな男が現れた。まるで、ただの一本棒であるかのように痩《や》せた、顔色の悪い浪人者だった。

「一人で大丈夫か」

僧侶が浪人に訊く。

「たかがこのようなモノ一匹、何ほどのことがあろう」

浪人は、あっさりと応じた。

「ガァ！」

番人が、また吼《ほ》えた。苦しんだ末に、暗闇でも隅々までを見通すほどの能力《ちから》を得た今の自分が、この二人の存在に全く気づかなかったのはいかにも不可解だった。しかしそんな些細《ささい》なことは念頭になく、明らかに自分を邪魔立てしようとしている者らに対してこみ上げてくる怒りをどうにも抑えきれぬまま、内から湧き上がる衝動に身を任せて飛び掛かった。

二

いつものように、父子《おやこ》二人の食事は会話もないまま淡々と始められた。

——武士は、物を食いながら話すような不作法なまねをするものではない。

それが常日《つねひ》ごろからの自分の教えゆえ、息子が黙々と朝餉《あさげ》を摂《と》っていることに何の文句もない。しかしながら、そこに幾ばくかの寂しさを覚えないかとなると、手前勝手なもの言いではあるが、辺りを憚《はばか》りながらこっそりと頷《うなず》く己がいた。

息子と話すことがほとんどないのは、食事のときばかりではなく、いつもの二人の間の風景だった。とはいえ、息子が父親である自分に対して隔《へだ》たりを感じていそうだとか、逆に自分のほうが内心息子のことを持て余している、などという自覚はない。

ただ、日々の仕事に追われて息子と向き合うときをなかなか作れず、家には食事と寝るためだけに帰ってくる、という毎日を過ごしているのが、今の己の有り様だった。雨が降って仕事が休みになるようなときも、一日中寝て過ごして体力と気力を回復させるだけで精一杯なのだ。

——いつから、このようになってしまったのか。

貧しい食膳の白飯を噛《か》み締めながら、男は考えた。

——妻が生きていたころ、この子はまだ物心がつく前だったから、己の屈託《くったく》はそこまで遡《さかのぼ》れはしまい。

実際、洟《はな》を垂らして近所の子らと駆け回っていた時分には、我が子とは思えぬほどに快活なところも見せていた。

——それがこれほど寡黙《かもく》になったのは、父親たる俺の偏屈《へんくつ》のせいか。

自分の取っつきの悪さや人付き合いのつたなさは承知しているから、忸怩《じくじ》たるものを覚えぬではない。さらに、己に原因を求めるべき心当たりは他にもあった。

今己が口にしている食事、これを作ったのは目の前で静かに汁を啜っている息子のほうなのだ。「武士が物を食いながら口を利くような不作法なまねをするな」などと偉そうなことを言っておきながら、武士を標榜《ひょうぼう》せよと求めた当の息子に、台所仕事を全て任せきりにしているのだった。

台所仕事ばかりではない。洗濯や家の中の掃除、それにこのごろは繕《つくろ》い物から近所との付き合いに至るまで、全て息子に委《ゆだ》ねてしまっている。

父子二人だけの暮らしでは、やむを得ないという言い訳はできる。子供がまだ小さいころは全て己の手でやっていたのだが、手伝いができるようになるにつれて、家のことは息子任せにするのが次第に当たり前になっていった。子供が大きくなるのはそれだけ自分が歳を取ったということと同義であり、齢《よわい》を重ねるに従って日々の力仕事はどんどんとつらくなっていったのだ。

──そうこうしているうちに、この子は口数が減っていったのだろうか。

それとも、一緒になって遊んでいた同い歳ぐらいの近所の連中が、あるいは奉公に出、またあるいは職人の親方のところへ住み込みで修業に行くようになって、友達が一人、二人と減っていったことが大きかったのか……。

「息子さんのこと、どうなさるおつもりなんで」

親しく付き合う相手はいないものの、それでも心配して訊いてくる者がいくらかはいた。が、己はいつも言葉を濁《にご》し、まともに答えることはなかった。

町人相手に口にする必要はないと、突っぱねたわけではない。ただ自分でも、どうすべきなのか答えが見つからなかったからだ。

——我が子を町人にする。

目の前にある現実を、己はずっと直視すまいと避けてきた。しかし、歳月の流れは早く、気づけば息子は驚くほどに成長している。自身の再仕官すら諦めざるを得なかった己には、他に採るべき途《みち》がないのはあまりにも明らかだった。

学問所にも剣術道場にも通わせるだけの資力などあるわけがなく、二人が暮らしていくだけで精一杯の日々を送ってきた。日傭取《ひようと》り（日雇い）の仕事に疲れた体では、手ずから剣術のまね事を教える気力も残してはいない。

それでも己は、我が子が近所の蔬菜屋《そさいや》（八百屋《やおや》）などで手伝いをすることも喜ばなかった。武家であることへの未練が、己に頑《かたく》なな態度を取らせるのだ。ために、同じ年ごろの周囲の連中が皆働き始めても、この子だけは何もすることなく、父の帰りだけを待って長屋に閑居《かんきょ》する日々を送り続けている。

このごろ、自分が働きに出た後、息子は自身番屋《じしんばんや》へ出向いて書役《かきやく》の手伝いのようなことをしているようだ。それで、読み書きだけはなんとか独力で憶えようというのだろう。さすがに、そこまでやめさせることはできなかった。

——こんな暮らしを送らせながら、俺はこの子にどんな一生を歩ませるつもりだ。

自らを、そう責めることもある。

――この子は、俺と同じようにひねこび、体を酷使《こくし》するだけの仕事に摩《す》り切れて一生涯を終えるのか。

今のままではそうならざるを得ないと、心の中では十分に理解している。

――大切な我が子であろう。俺の生きようがひとつ違っていれば、藩士として他の面々と変わらぬだけの働きをしたであろうこの子が……。

――いや。この子は生まれたときから、ずいぶんと変わったところもあったか。

そう考え直したのは、暗いほうへ、暗いほうへと落ち込んでいく想いを、無理矢理にでも断ち切りたかったからかもしれない。

そのためかどうか、まだ赤子だったこの子が、妻に抱かれながら火がついたように泣き出したときのことを思い出した。あのとき、妻は近所で仲のよかった長屋の女房と立ち話をしていた。そこへ何かの用事で女房の亭主が顔を出したとたん、息子は急に大声を上げて泣き出したのだ。

「あらあらこの子は、清吉《せいきち》さんの顔を見るといつもこうなんだから。ご免なさいね、清吉さん――こんなに優しくていい人なのにねえ」

息子を腕の中であやしながら、困惑げな声を上げていた妻の言葉がふと耳に甦《よみがえ》ってきた。

清吉はからくり細工の職人か何かで、ずいぶんと気の弱そうな、大人しげな男だった。普段はむずかることもほとんどない、手間の掛からぬ赤子だった息子は、なぜか清吉の姿を目にしたときだけ急に泣き叫び、まるで「ここにいたくない」とでも言うかのように手足を大きくバタつかせた。

そんな息子の様子を、清吉は困ったような顔でちらりと見ると、まるで自分のほうが悪いことをしたとでもいうように急ぎ足で立ち去るのが常だった。

――あれも、もう十年以上も前のことになるのか。

その後清吉は、新たな仕事を得たと言って信州《しんしゆう》（長野県）だか甲州《こうしゆう》（山梨県）だかへ女房子供連れで旅立っていった。

なんでも、二つの村が田に水を引く川の、水門の番を住み込みでやるような仕事だという話だった。女房の郷里のほうの伝手《つて》から舞い込んだ話で、清吉ならば番人をしながら水門の手入れもできる、というのが呼ばれた理由だと聞いている。

――あの清吉も、その女房子供も、今はすでに亡《な》い。人の一生など、なんと儚《はかな》いものか……。

当人たちが引っ越していってまだ一年ほどしか経たないうちに、風の噂で、清吉一家は番小屋の中まで入り込んだ熊に殺されたと聞いた。あるいは、熊を装《よそお》った一方の村の連中の仕業だったとも囁かれたようだ。

ただの百姓地で水門に番が必要なのは、それだけ二つの村の間で水争いが激しいということを意味している。女房子供は確かに熊にでも食われたような様子だったのに、清吉だけは刀傷だったという話もあったらしい。

いずれも、まだ健在だった妻が聞き込んできたことだった。

いまだ清吉の気弱そうな顔を思い浮かべながら己の飯茶碗《めしぢやわん》に目を落とした男は、すでに手の中のそれが空になっていることにようやく気づいた。息子はもう食事を終えて、こちらの様子を静かに見守っている。

男は黙したまま、箸《はし》と茶碗を膳に置いた。

――今日に限って、なんでこんなことを。

飯を口にしながら物思いに耽《ふけ》るなど、話をするのと同様にやってはいけない不作法だ。

——さほどに、今日の仕事には気が進まぬか。

これまでの経験から言って、最もつらい仕事場になろうとの予測はできていた。それでも己には、選《え》り好《この》みをするほどの余裕はない。

「一之亮《いちのすけ》、では行って参るぞ」

立ち上がって戸口へ向かいながら、息子にひと声掛ける。長屋の腰高障子《こしだかしょうじ》を開けた背中に、「いってらっしゃいませ」と応じる声が返された。

——そして今日も俺は、すぐにも出すべき大事な結論を、また先送りにするのだ……。

十分自覚していながら、振り返る素振り一つ見せず、気の進まぬ仕事場へ向けて真っ直ぐ歩み出した。

第一章　瀬戸物商身延屋《みのぶや》

一

きちんと板壁で囲われた建物の中とはいえ、手焙《てあぶ》り一つ置かぬ季冬《きとう》（旧暦十二月）の深夜は、シンシンと冷えていた。天井が高く、それなりに広い屋内の四隅には黒々とした闇が蟠《わだかま》っている——いや、四隅ばかりではない。あえて中央を避け戸口のそばに置かれたような、小さな燭台《しょくだい》ひとつで照らされているだけの板間は、濃淡《のうたん》の差こそあれ、いずこも柔《やわ》く滑《すべ》らかな漆黒《しっこく》の紗《しゃ》で覆《おお》われたように見えづらかった。

ふと、暗闇の中の一隅《いちぐう》でわずかな動きが生じた。よくよく目を凝《こ》らしてみると、動きがあるのはその一箇所ばかりではない。ほんのときおり、わずかにではあるが、部屋の中の黒い塊《かたまり》のいくつかが、確かに動いている。

ただ闇が黒々と蟠っているわけではなく、あるいはその場に放置された静物《せいぶつ》などでもなく、命ある何者かであるということが、その者らの身じろぎによってようやく判別できたのだった。

塊の上端は卵形にくびれており、くびれの下には横に幅広い土台がある。どうやら塊は、数人の人のようであった。

人の形をした黒い塊の頂《いただき》には突起がないようで、また顔らしき輪郭《りんかく》は周囲の闇と混じりながらもはっきり判別できる。するとこの場にいる者には髷《まげ》がなく、総髪《そうはつ》でもないことになるから、禿頭をしていると思うべきであろう。

そういえば、あまりの大きさゆえ壁と見紛《みまが》って判別しづらかったものの、この場に集《つど》う者らよりもずっと大きな人形《ひとがた》の影が、一座の背後に鎮座《ちんざ》ましましている。仏像——菩薩《ぼさつ》か観音《かんのん》か、あるいは如来《にょらい》か明王《みょうおう》かといった詳細までは不明だが、どうやらそこにあるのは仏を象《かたど》った鋳像《ちゅうぞう》か木像だと思って間違いないようだった。

するとここはどこかの寺院の本堂で、集まっているのは僧侶ということになろうか。闇の中で差し渡しを測るのも難しいが、それでもさほど大きな寺院の本堂とは思えない。一方、さほどの寺院ではないとすると、住職と呼ばれておかしくないほどの貫禄《かんろく》を備えているらしい僧侶が、これほどの数集まっていることには不審を覚えさせられた。

もっともここがどこであれ、かような真夜中に満足に明かりも灯《とも》さず、大の大人が集まっているというだけで十分不審なことではあったのだが……。

「で、確かめられたのか」

黒い塊の一つが、寒夜のしじまを破るように口を開いた。

「未《いま》だし」

別の影が答えた。

「では、手はつけずに見過ごすと?」

第三の闇の塊が問い掛ける。

「もはや、潮《しお》は満ちかけておるとの報せじゃが」

「しかし、手を打とうにも、その手が足りてはおるまい」

残る者らのさらなるやり取りの後に、またしばらく沈黙が続く。

闇に沈む堂宇《どうう》は、またひっそりと静まった。

「壱《いち》の小組《こぐみ》は、いつ戻る」

不意に、誰かが問いを発した。小柄で、固太りの男のようだった。

対座する影の一つが応ずる。

「つなぎが来ておらぬゆえ、何とも。しかし、送った先が先じゃ。どれほど早くとも、後ひと月かふた月は掛かろうて」

「だから、かほど遠くへ出すことへ、儂《わし》は賛同しなかったのじゃ」

問いを発した固太りの影が、苛立《いらだ》ちを隠そうともせずに言葉を口にした。

脇から、落ち着いた応えが返る。こちらは、中背《ちゅうぜい》で細身の体つきをしている。

「さように仰せられても、出さぬわけには参らなんだのではござりませぬか」

問いを発した影は憤然《ふんぜん》とした態度で、返された声のほうへ体を向ける。

「じゃがの――」

しかし、別の者に遮《さえぎ》られて最後まで口にすることはできなかった。口を挟んだのは、一同の中でも、飛び抜けて上背《うわぜい》がある男だった。

「送った先の事態が、我らの懸念どおりであったならば何とする。こたび江戸で新たに出てきたやもしれぬ『芽』などよりも、よほど大事になるのだぞ」

憤然としていた固太りの影が、いくらか落ち着きを取り戻した。が、いまだ憤《ふん》懣《まん》が完全に収まったわけではないようだ。

「たとえそうであっても、北の果てであろう」

この呟《つぶや》きには、厳しい言葉が返された。

「そのように甘い考えでおった末に、あの南の騒ぎが起こったのを忘れたか」

憤然としていた影は、気圧《けお》されながらも己の考えの正当性に拘泥《こうでい》した。

「二百年も前の話でござろうが。それに、あの騒ぎを未然に防ぐべきだったのは、西にござるぞ」

「我らであれ西であれ、また二百年前であれ今であれ、皆同じことよ。なにしろ我ら一党の始まりが、さらに五十年以上も遡《さかのぼ》るからにはの」

さらに、別の者が付け加える。上背のある影の隣に座る、頬の垂れた輪郭をした男だった。

「これだけ立て続けに『芽吹き』の続く兆候が見え始めた以上、二百年前の出来事を『昔』と申してゆるがせにしておくことは叶《かな》うまい。今は、かのときと同じほどに世が沸《わ》き立ち始めたのやもしれぬ」

憤然としていた固太りの影は、ようやく沈黙した。が、別の影が、今度は恐ろしげに「それは……」と口にする。

宥《なだ》めたのは、憤然としていた影へ最初に自制を求めた細身の者だった。

「案じていても、仕方がありますまい。我らは、生じた『芽』をひとつ一つ摘《つ》んでいくだけ」

一座の中から、「しかし、その手が足らぬのではな」と苦渋《くじゅう》の声が上がった。

「西に助けを求めることはできぬのか」

別な声が問うた。

「向こうは向こうで手一杯であろう。なにしろ先方の受け持ちには、こちらより騒然としているところが多いからの」

「こんなときに、他所《よそ》から騒がせに来ずともよかろうものを」

苦々しげに吐き出した言葉へは、さらに別の影が応じた。固太りを叱った、上背のある影だった。

「外より頻繁《ひんぱん》に接触があるのも、『芽吹き』が増えんとしておる理由なのやもしれぬ──我が一党が成り立ったころを考えてみよ。今以上に、外からの働き掛けは多かったであろう」

「むしろ、招じ入れておったぐらいじゃからの」

肯《うべな》う意見に、いきり立つ声が固太りから上がった。

「では、何としても撥《は》ねつけてもらわねば」

決然としたもの言いだったが、異論が挟まれた。

「それは、我らの関わるべきことに非《あら》ず——我らは、我らの果たすべき務めに邁《まい》進《しん》するのみ」

道理であるから、反論は生じない。しかし、嘆息《たんそく》が漏れた。

「じゃが、実際には手が足らぬ……」

「このようになるなれば、もっと手を増やしておったものを」

誰かの嘆息に、応ずる声はなかった。今さら口説《くど》いた（愚痴《ぐち》った）とて詮《せん》ない
ことだとは、呟いた当人も承知の上だ。

増やさなかった理由なら、いくらでも挙げられる。まず第一に、そこまでの入《いり》
用《よう》（経費）は一座の面々にも簡単に都合がつけられることではなかった。そして
何より、こんなことになろうという危機感を、誰も覚えてはこなかったのだ。

無理矢理気を取り直すようにして、誰かが問うた。

「弐《に》の小組は、どうしても手が放せぬのか」

「今探っておるほうだけで手一杯なのは、そなたも知っておろう」

訊《き》いたほうも無理を承知の問いだったから、この返答に口を閉ざす。

「いっそのこと、弐の小組を二手に分けては」

思いつきで言い出した者には、上背のある影から即座に「いかぬ」と否定の声が掛かった。

「彼《か》の者らとて、いつもゆとりある対処ができておるわけではない。一方でも『芽吹け』ば、そちらに当たったほうの片割れは目も当てられぬ仕儀となりかねぬ。万一、両方ともそうなったときは——弐の小組は、全滅しかねぬぞ」

「しかし、見過ごしにはできぬのであろう」

この疑義には、細身より落ち着いた声の反問が呈《てい》される。

「実際に芽吹くのが一方だけだったとして、二手に分けた弐の小組のうち、当初からそちらに当たったほうはもはや使い物になりますまい。残る半分で、芽吹いてしもうたモノを斃《たお》せましょうや。

そして、万が一両方が芽吹いてしもうたなら、そのときには弐の小組は跡形《あとかた》もなくなっておりましょう——さすれば、我らにはもうそのいずれにも対処する手立てはござりませぬぞ。そうなったなれば、皆様、いったいどうなされるおつもりで」

この問いには、思いつきを口にした者は答えられなかった。

「なれば、どうする」

誰かが、一座の皆に問うた。

しばらく、応える者のない沈黙が続く。

ついに、一人が口を開いた。頬の垂れた輪郭をした男だった。

「やむを得ぬ。弐の小組にはいったん今の場から退かせ、待機を命じよう」

「それでは二箇所のいずれも放置することになるではないか」

しかし、こたびの提案には続きがあった。

「芽吹きを疑われる二箇所には、いずれも『耳目衆《じもくしゅう》』を貼り付かせる。実際に芽吹いたときには急報させ、すぐに弐の小組をそちらへ向かわせることとすればよい」

話を聞いていた固太りが、吐き捨てる。

「そなた、『耳目衆』を芽吹きの場に立ち会わせんと申すか。あの者らには、芽吹きへ対処する力などないのだぞ」

脇からは、同調の声が一人ならず上がった。

「さらには、弐の小組をいかに急ぎ向かわせたとて、着いたころにはもう完全に顕現《けんげん》してしもうた後になっておるやもしれぬ。それでは、いかに弐の小組全員で懸かろうとも、必ず封じ込め得るとは限らぬぞ」

反対の声は、さらに続く。

「何よりも、まず耳目衆を二箇所に集中させてしまうこと自体が問題じゃ。他の場所を探索する網《あみ》の目が、その分、粗《あら》くなってしまうゆえな。多くをそこに貼り付けている間、新たな芽吹きの兆候が出ても察知できずに終わることになるやもしれぬぞ」

「そして、もし耳目衆を立ち会わせた場で実際芽吹きが起こったとき、集うた耳目衆が全員無事で済むとは限らぬ。もし大きな被害が出てしまえば、探索の目が粗くなる事態は、今後ずっと続いていくことになろう」

耳目衆の活用を提言した、頬の垂れた影が反駁《はんばく》した。

「では、どうすると？　こたびの新たな芽吹きの兆候は、看過《かんか》すると申すか。それで、実際に芽吹いてしもうたときには、いったいどうするつもりか」

応える者は、誰もいなかった。

事態は切羽詰《せっぱつ》まっており、考えが悪いほうへ、悪いほうへと流れていくのは仕方がないことだった。皆が、自縄自縛《じじょうじばく》の思いに囚《とら》われているのだ。

皆が俯《うつむ》き、あるいは宙を睨《にら》んで沈黙する中、一つの影が顔を上げた。細身の男だった。

「やはり双方に手を向けるよりありますまい」

強い意思を感じさせる言い方へ、また反論が飛んでくる。

「弐の小組を二手に分けるのは愚策《ぐさく》だと、今結論が出たばかりではないか」

この言葉に、こたびの提案者はしっかりと顔を向けた。

「二手に分けよと申してはおりませぬ——弐の小組には、今行っている探りをしっかりと続けていただく」

「もう一箇所に、耳目衆を差し向けると？」

何の解決にもなっておらぬとの内心を隠そうともしない言葉が返ってくる。

細身の提案者は、「いや」と首を横に振った。

「では、どうすると」

そなたとて、ない袖《そで》は振れぬであろうと怒鳴りつけたいのを我慢しての、辛抱《しんぼう》強い問い掛けだった。

細身の男は、あっさりと言った。

「我らの手許には、もうひと組ござる」

この発言には、皆が息を呑む気配が伝わってきた。

「……そなた、まさか」

「しかし、あれはまだ――」

驚きと躊躇《ためら》いの声が次々と上がる中、細身の男ははっきりと宣した。

「ようやく形になり始めたばかりとはいえ、あれとて我らが手立ての一つにございます。他に代わりがおらぬ以上は、あの者らに役立ってもらうよりありますまい」

じゃが、とまだ後ろ向きな声が漏れる中、細身の男は強弁した。

「耳目衆を向かわせるよりは、ずっとマシだとは思いませぬか。少なくともあの者らなれば、抗するための修練はこれまで積ませてきておりますぞ」

「実際の場で、どれだけできるものか……」

「確かに、やらせてみねば判りませぬ。が、それでもあの者らは、芽吹きへの対処のために育《はぐく》まれてきた者らにございます」

じっと聞いていた影のひとつ、上背のある男が、おもむろに口を開いた。

「そなた、遣い潰す気か」

静かな、しかし重い問いであった。さすがの細身の男も、肚《はら》を据えて答えるまでには間が要った。

「それで潰れるなれば、致し方なきこと――潰れねば、様子を見ながらであれ、今後も役立たせることができようかと存じまする」

「ずいぶんと乱暴な。そなたがあの者らに行けと求めておるは、かなり厳しき途ぞ」

「壱の小組はおりませぬ。弐の小組とて、二手に分けるわけには参りませぬ。耳目衆を代わりに当てることも、これまたできぬ相談——なれば、他に手立てはござりますまい」

追及していた上背のある男は、溜息をついた。

「……やむを得ぬか」

もう、反対する者は出なかった。

二

商家の朝は早い。陽が昇るとすぐに見世《みせ》開きの支度を始め、通《かよ》いの職人や番頭などが己の仕事場に向かうころには、もう暖簾《のれん》を上げているところがいくつもある。

酒食を客に供したりするような見世は別にして、陽が落ちるとほとんどの商家が閉めてしまうため、少しでも多く稼ごうとする限りは当然といえば当然のことだった。暗くなってからも見世を開けていようとすると灯火用の油代が馬鹿にならないし、第一、表を通る人の姿がほとんど見られなくなるのだから、開けているだけ損になるのだ。

ということで、江戸も南西《ひつじさる》のはずれにある宮益町《みやますちよう》で瀬戸物を商う身延屋《みのぶや》では、起き出して顔を洗っただけの小僧（丁稚《でっち》）らが、見世を開ける支度のためすでに忙しく立ち働いていた。

見世に入ったばかりで一番下っ端である小僧の市松《いちまつ》は、表の道を竹箒《たけぼうき》で掃き終えて見世の中へと戻った。身を切るほどの冷たい木枯《こ が》らしが、そのままお仕着せの中まで染《し》み通ってくる冬の屋外での仕事から解放されて、いくらかほっとする。

しかし、息を継いでいる暇はない。売り物である土器《かわらけ》が並べられた棚にハタキをかけた後は、雑巾《ぞうきん》をきつく絞っての拭き掃除が待っていた。これも、冷たい水に何度も手を突っ込まなければならないつらい仕事だ。

気を抜いていると番頭の長三《ちようぞう》さんや手代の文吉《ぶんきち》さんにすぐに見つかるから、比較的楽なハタキがけでも、しっかり手許へ気持ちを込めなければならない。あまり強く叩きすぎると「お前は大切な商いの品を欠けさせて、売り物にならなくするつもりか」と叱られ、それならばと軽く優しく叩いていれば、今度は「売り物や棚が埃《ほこり》を被ったままの見世で、お客様が品物を買ってくださると思うか」と説教される。

ともかく慣れない丁稚の仕事は、新米の市松を戸惑わせるばかりだった。

「ふーん、そんなに安く品を納めるって言ってるのかい」

「はい。こちらに取り入るために最初だけ値引きをするということではなく、ずっとお付き合い願えるならば同じ値で構わないと申しておりましたが」

見世の奥、帳場の近くでは、旦那様が手代の文吉さんと何か仕入れのことについて話をしているようだった。身延屋の主人は、名前を西左衛門《せいざえもん》という。

「まあ、値が一緒でも、入れる品の質を落とされたんじゃあ、困りますけどね」

西左衛門は、疑わしげに応じた。文吉が主《あるじ》へ確約する。

「それはもう。番頭さんも手前も、入荷のたびにきっちり確かめますので」

身延屋は瀬戸物の小売りを商売にしているが、一部周辺の小見世への仲卸《なかおろし》も兼ねていた。従って、「前日に思いのほか売れた」という小商いの同業者や、ごく稀《まれ》には「馬喰《ばくろう》の喧嘩《けんか》に巻き込まれて見世を無茶苦茶にされた」などと愚痴《ぐち》る茶店の主などが、朝早くから商品を求めて店先《たなさき》を覗きに来ることもあったのだ。身延屋が朝一番から見世を開けるのは、このためだった。

そろそろハタキがけを終えて拭き掃除に取り掛かろうかと手を止めた市松は、表でも感じなかったほどの冷風が背中から吹きつけてきた気がして思わず振り返った。そこにいたのは、見世の主と手代、そして何かの用事で奥から出てきた内儀のお六《ろく》の三人だった。

お六に話し掛けられた西左衛門が笑顔で言葉を返しているのを、手代が一歩下がって好ましげに見ている。

視線を感じたか、手代の文吉が市松のほうへと顔を向けてきた。目が合うと、文吉の表情がわずかに引き締まったのが判った。

市松は慌《あわ》てて自分の手許へと視線を落とした。「後でお小言を喰らうことになるな」と溜息が出た。

このところの身延屋には、いくらか浮き立ったところがある。番頭の長三に、暖簾分けをさせることが決まったのが理由だった。長三の後釜《あとがま》には、手代の文吉が引き上げられる。

決まったのは市松が来る前のことだったため自分では比べようがないが、「番頭さんと手代さんがこれまでよりずっと張り切っているのだ」と小僧仲間の徳松《とくまつ》から耳打ちされていた。行き場をなくして途方《とほう》に暮れていた市松が身延屋に拾われたのも、長三が新たな見世へ移ることで人手が足りなくなるからだという。

「おい、雑巾掛けするぞ」

徳松が、水を入れた桶《おけ》を板間の床に置きながら声を掛けてきた。放られた雑巾を、胸元で受け止める。

「徳松、何ですか行儀の悪い。もう大戸は上げているんですよ」

叱ったのは、商品の並びを確かめていた番頭だった。徳松は「はい、申し訳ありません」ときっちり頭を下げ、市松だけに見えるようにチロッと舌先を出して見せた。

市松は手にしたままだったハタキを片付けると、徳松と並んで店先の拭き掃除を始めた。

台所のほうから、飯を炊《た》く匂いが漂ってきて腹が鳴る。朝は客が少ないから、番頭か手代が一人で見世の番をしている間に、皆で朝餉《あさげ》を——とはいえ、主夫婦と奉公人では場所を違《たが》えるのだが、摂《と》るのがこの見世の習慣だった。

市松は、この見世に奉公を始めて、まだようやくひと月を超えたばかりだった。その前は、百人町《ひゃくにんちょう》にある青山善光寺《あおやまぜんこうじ》の門前町に、浪人の父と二人で住んでいた。

父は、日傭取りに出て稼ぐことで、日々の糧《かて》を得ていた。ある日父は、堀を浚《さら》う畚《もっこ》担《かつ》ぎの仕事にありついた。

暦《こよみ》の上ではまだ季節が変わったばかりだったものの、真冬を思わせる冷え込みに襲われた作業場はずいぶんとつらかったようで、家に辿《たど》り着くと飯もろくに食わぬまま早々に寝床に入ってしまった。次の朝起きたときには熱があったようだが、それでも無理を押して同じ仕事をしに長屋を出た。

戻ってきたのは陽が落ちるよりもだいぶん前、仕事仲間に肩を担がれてのことだった。作業場で、突然座り込んでしまったという。

担ぎ込まれてから寝床より起き上がれなくなった父は、三日ほどであっけなく死んだ。貧乏浪人の住まいに、医者に診《み》てもらったり薬を買ったりする金はなかったが、たとえ無理をすれば用意できたとしても、父は拒んだであろう。

財政窮乏《きゅうぼう》の折の人減らしのため、ささいな失敗《しくじ》りを理由に藩を召し放ち（解雇）になったのが、父が浪人するきっかけだったらしい。

世の中から戦《いくさ》がなくなって二百年も経ったこの時代、どこの家中でも侍はあぶれている。そんな中、たとえ言い掛かりのような理由付けであったとしても、お勤めの上での失敗りから藩を放逐《ほうちく》された者に、再仕官など叶うはずもない。以来、己の子を育てるために、父母はずいぶんと苦労してきたはずだ。これからの息子の行く末も定かでないというのに、ようやく稼ぎ出した貴重な金を、先のない自分のために父が使わせるはずがなかった。

なお母は、市松が物心つく前に、儚《はかな》くなったと聞いている。

父の弔《とむら》いは、宮益町の町役人《ちょうやくにん》と長屋の大家が音頭取りとなり、長屋の面々がいろいろと手伝うことで、何とか無事に済ませる目処《めど》がついた。

後は、市松をどうしていくかだけだ。

「身を寄せる心当たりはあるか」

「お前自身は、これよりどうしていきたい」

父の亡骸《なきがら》の枕元で町役人や大家に問われても、市松には満足に答えることができなかった。

父は藩を追われてより類縁のつながりはいっさい断ったらしく、市松は生まれてこの方、親類縁者なる人々と一度も会ったことがない。文字通りの天涯孤独の身の上であった。

そして、浪人の子として生まれ、己も父と同じ途を歩んでいくのであろうと漠《ばく》然《ぜん》と考えていた十三歳の子供には、これから独りで生きていく方策など、思いもつかなかった。

そうして、町役人や大家がどうにか見つけてきたのが、身延屋という瀬戸物屋への奉公の口だ——つまり市松は、浪人の子から町人へと、生き方を変えられることになったのだ。

ただ、市松に武家への未練があったかといえば、そのような代物はほとんどなかったであろう。

己らの暮らしのため、体を目一杯使う仕事を毎日続ける父には、市松に剣術の稽古をつけるような暇も、体力も残ってはいなかった。市松自身にしても、お城勤めを肌で知るどころか間近に見たこともない。

これでは、「将来武家たらん」と念じていろというほうが無理だった。

町役人や大家のほうは、いちおうは市松の承諾を取った格好をとりはしたが、故人が最後まで手放さなかった大小を弔いの費用に充《あ》てるために金に換えている。つまりは、市松は町人として生きていくものと、最初から周囲に見なされていたということだった。

いずれにせよ、こうして市松は、身延屋の小僧となった。

「ふーん。で、こっちの擂《す》り鉢《ばち》はいくらだい」

「はい、銀で一匁《もんめ》いただいております」

「吹っ掛けるねえ。そいつぁいくら何でも、阿漕《あこぎ》ってモンじゃねえのか」

「いえいえ、美濃焼《みのやき》のよい品にございますから、お買い得ですよ」

午《ひる》もだいぶ過ぎてからの、客と徳松との会話である。

朝の掃除が終わり、見世が本格的に動き出すと、市松たちも忙しくなった。大《おお》店《だな》では決して小僧任せにしないお客の相手もするし、番頭や手代に申しつけられた用事があれば、駆け回ってこなしていかなければならない。

ただし、小僧が相手をすべき客は、身なりが貧しそうで高い買い物など期待できない者や、ただ暇潰《ひまつぶ》しの冷やかしでやってきたふりの遊び人風、といった見世にとってはどうでもいいような人物ばかりだ。

小僧ではどうにも手に負えないようであれば番頭や手代が出ていくが、たいていは客とのやり取りを黙って見ていた。小僧はこうやって、客との応対を憶えていくのだ。

「おい、小僧さん。そこの水差しを見せておくれでないかい」

冷やかしとしか思えない若い男の相手をしている徳松を見ていた市松に、見世の前で足を止めた品のよさそうな老人が声を掛けてきた。中天《ちゅうてん》を過ぎた陽射しが暖かさを加え、どこかのんびりとした刻限だった。

「はい、いらっしゃいまし――手代さん、お客様にございます」

市松に問い掛けた老人は、眉を顰《ひそ》める。まともな客の相手は上の者に委ねるとはいえ、客のほうから話し掛けられたのであれば、できる限りの相手は自分でするのが当たり前であった。

「儂《わし》は、お前さんに頼んだんじゃがのう」

市松に呼ばれた手代の文吉が、二人に歩み寄り如才《じょさい》なく応じた。

「申し訳ございません。この小僧は見世に入ったばかりでして、まだ十分なお相手ができないものですから」

言われた老人は、改めて市松をしげしげと見た。

「おや、そうかい。入ったばかりにしては、ずいぶん大きいように見えるが」

商家へ奉公に上がるのは、十一、二歳ぐらいからというのがおおよその年頃だった。月が変われば十四になる市松は、向こうで冷やかしの相手をしている徳松と、確かにそう歳が離れているようには見えない。

　手代の文吉は、客の疑念に答える。

「この子は親を亡くしたばかりでございまして、急な話だったのですが、手前どもの主夫婦が気の毒に思い、ここで奉公させることにしたのでございますよ」

「おや、そうかい。身延屋の主は慈悲深い男だと聞いていたけど、町の噂は本当だったんだねえ」

　老人は感に打たれた顔になった。

　小僧の身の上を聞いて気前のいいところを見せたくなったのか、老人の買い物はすんなりと決まった。最初に目に止めた水差しばかりでなく、結局老人は合わせて三点ほどの品を購《あがな》った。

「ありがとう存じます――これ、市松。お買い上げいただいた品を包みなされ」

　そう命じた手代は、買い物をした客に訊く。

「お客様、お住まいはどちらで。よろしければ、この市松にお求めいただいた品を運ばせましょうか」

「ああ、金王《こんのう》さま（金王八幡宮《はちまんぐう》）の御門前だからたいして遠くはないが、せっかくだから運んでもらおうかい」
「市松、聞いたね。粗相《そそう》のないようにお運びするんだよ」
手代に命ぜられた市松は、品物を包んでいた手を止めて「はい、承知しました
――お客様、お買い上げありがとう存じました」と頭を下げた。

三

老人は、従来の己の住まいを離れて八幡裏の小体《こてい》な家に移った、どこかの商家の隠居のようだった。家では老人と歳の変わらぬほどのお内儀と、四十を過ぎた小間使いの女が待っていた。

当人の言葉遣いや立ち居振る舞い、家の者の様子から見ると、市松が奉公する身延屋などよりも、よほど大きな見世を切り盛りしてきた人物のように思えた。

「あらあら、お散歩にお出掛けになったと思ったら、こんなにお買い物でございますか」

老人の内儀は、市松が小間使いに手渡した品を見ながら言った。ただ呆《あき》れたという気持ちを表しただけの、険《けん》のない鷹揚《おうよう》な口ぶりだ。

「ああ、半分方冷やかしのつもりで見世を覗いただけだったのじゃが、ついその気になってしまっての」

情にほだされて余計な買い物をしたということを、市松に余計な気を遣わせぬよう曖昧《あいまい》なもの言いで取り繕《つくろ》ったのだろう。続けて、買った品を運んできた小僧について、手代から聞かされた話を内儀に披露《ひろう》した。

「まあ、そうなのですか」

夫と同じく年老いた内儀は、いたわるような目で市松を見た。

「ご苦労じゃったの」

老人は、仕事を終えた市松を慰労する。

市松は、「真《まこと》にありがとう存じました。またよろしくお願いします」と頭を下げ、見世へ戻ろうとする。

「あら、ご用を勤めてくれたんだから、ひと息お入れなさい。お茶ぐらい飲んでおいきなさいな」

そう引き止めようとする内儀を、老人が制した。

「奉公し立ての分際《ぶんざい》で戻りが遅れては、見世に戻ってからこの小僧さんが叱られよう――今度はお前もその見世へ連れていくゆえ、またそのときにの」

そうですねえ、と再びこちらを見る内儀に、市松は厚意に応えられない詫《わ》びの意味で頭を下げ、自分に気遣いしてくれた老人へ向かってもう一度頭を下げた。

「お待ちしています。どうか今後ともご贔屓《ひいき》にお願い申します」

別れと礼をもう一度告げて、市松は見世へ帰るべく背を向けた。


市松は戻ろうとするところを呼び止められ、遠慮するのへ無理矢理駄賃《だちん》を握らされた。それから急いで戻ったつもりであったが、身延屋に着いたときには、もうそろそろ見世仕舞《じま》いを始めようかという刻限になっていた。

「戻りました」

暖簾を潜《くぐ》ってすぐのところにいた手代の文吉に、戻りの報告をする。

「おう、無事にお届けは済んだかい」

ちょうど客がいないときだったようで、文吉は気軽な声の掛け方をしてきた。

「はい、今度はお内儀も連れて、またお見えくださるそうです」

遅かったなと叱られなかったことにほっとしながら、市松は答えた。

そりゃあよかった、と応じた手代へ、周囲に目をやりながら市松が訊く。

「旦那様や番頭さんは」

「奥だけど、どうした。何かあったのかい」

隠すようなことでもないので、市松は「先ほどのお客さんに駄賃をもらってしまった」と正直に話した。

「どれ、見せなさい」

指図に従い市松が開いた紙の中を覗き込むと、波銭（四文銭）が五枚包まれていた。ちょっとした品を運んだだけの小僧の駄賃にしては多すぎるものの、大騒ぎをするほどではない。過分なのは、市松の身の上への同情心からだろう。

市松に呼ばれて交代したときに文吉が見定めたとおり、あの老人はきちんと分別をわきまえたお人のようだった。そんなお人が馴染《なじ》みのお客になってくれるのならば、これから自分が番頭としてやっていく見世にとって、ずいぶんとありがたいことだと文吉は思った。

明るい気持ちになった手代は、まだ自分が開いた紙の中の銭を見ている市松に言った。

「旦那様や番頭さんにはあたしから言っておくから、それはお前が大切に仕舞っておきなさい。来月は藪入《やぶい》り（一月と七月の年二回、奉公人が見世を休める日）だから、そのときの小遣いの足しにすればいい」

藪入りでは、江戸の市中や近郊に実家のある年若な奉公人は、多くが父母に会いにいく。親のほうも、子供の顔を見るのを楽しみにこの日を待つのが常だった。

上方《かみがた》の本店《ほんだな》で採用されて江戸店《えどだな》に送られてきた奉公人、といった場合などは、たった一日ひと晩だけの休みを遊興や見物など、仕事の息抜きに充てる。すでに親がおらず、住まいだった長屋も引き払った市松は、実家が遠い者らと同じように一日を過ごすことになるはずだった。

市松は、包み直した銭を大事そうに懐《ふところ》に仕舞った。胸元から顔を上げて手代に訊いてくる。

「徳松さんたちはどこですか」

「裏で、届いた荷をほどいているはずだ」

じゃあ手伝ってきます、と裏へ向かい掛けた小僧を、文吉は呼び止めた。

「駄賃のこと、仲間に自慢したりするんじゃないよ」

市松は、きちんと向き直って頭を下げ、「はい」と返事をしてから、仲間のほうへと急ぎ足で向かった。

——ちょいと年を食った浪人の子だっていうから、どんなひねこびたのが来るかと思ってたけど、案ずるより産むが易《やす》しだったね。ともかく、素直なのが一番だ。

文吉は新入りの小僧の後ろ姿を好ましげに見送りながら、心の中で独りごちた。

——それにしても旦那様は物好きな……。

ちょいと、眉に皺《しわ》が寄ってしまう。

気を取り直した文吉は、見世仕舞いと荷の確認をどうしようかと思いながら、客のいない見世の中を見回した。

赤坂御門《あかさかごもん》を出て紀伊家《きいけ》上屋敷の脇や百人組組屋敷の間など、主に武家地を通って宮益町に至る身延屋の前の通りは、相州《そうしゅう》（神奈川県）の大山阿夫利《おおやまあふり》神社まで延びている。俗に大山道《おおやまみち》と称される、参詣《さんけい》のための往還《おうかん》になっていた。

宮益町を過ぎると周囲は田畑や雑木林ばかりになったが、参詣人目当ての茶屋などは点在している。宮益町の中にも御嶽神社《みたけじんじゃ》や妙祐寺《みょうゆうじ》などがあって、それなりの賑わいをみせていた。近くの武家地は小役人が多かったものの、大名家のような格式にこだわらずに却《かえ》って安直な見世を好む傾向がある。

このため、「江戸もはずれのはずれ」といった土地でありながら、身延屋のような商売も成り立っている。一部とはいえ仲卸も兼ねているため、見世の大きさに比べて抱える在庫は多かった。

仕入れる商品は、産地から直接馬の背に積んで運ばれてくるような物もあったが、多くは大川の霊巌島《れいがんじま》や日本橋は金座《きんざ》近くの常盤橋《ときわばし》前にある問屋で小分けされて、舟で輸送される。

荷を積んだ舟はいったん内海《うちうみ》（江戸湾）へ出ると、浜町《はまちよう》の沖から金杉川《かなすぎがわ》河口へ入り、お城を南から西のほうへぐるりと回る格好で宮益町の荷揚場《にあげば》までやってくる。この間、同じ一本の流れながら、金杉川は新堀川《しんぼりがわ》、笄川《こうがいがわ》、渋谷川《しぶやがわ》などと名を変えて宮益町まで至るのだ。

扱う品が割れ物《わもの》であるため、見世への搬入も荷ほどきも慎重を要した。さらに、当然ながら重量もある。市松は、まだ荷運びのときに手伝わせてはもらえずにいた。

市松が裏の蔵へ顔を出すと、染松《そめまつ》と徳松の二人が、荷ほどきをして並べた品物の前に立っていた。身延屋は、主夫婦と番頭、手代が一人ずつ、小僧が染松、徳松に新入りの市松の三人で、これに権助《ごんすけ》（飯炊き、下働き）の亥太郎《いたろう》爺さんを入れた合計八人で全員である。

染松は市松よりは五年以上、徳松よりも三、四年ほどは前に見世に入った小僧だ。市松が品物を客のところへ運んでいくときに見世にいなかったのは、ここへ運ばれてくる荷の応対をしていたからだった。

「遅くなりました。何か、手伝うことはありますか」

「いや、もう終わったぜ。後は、番頭さんや手代さんに中身を確かめてもらうだけさ」

染松が、市松の問いに答えてきた。

「もうすぐ、暗くなりますね」

市松は空を見上げた。見世仕舞いの刻限を気にしたわけではなく、暗くなれば、納められた品を確かめるのに苦労すると言いたいのだ。

「なぁに。こたび仕入れたなぁ、じっくり確かめるまでもねえような物《もん》ばっかりだ」

徳松が、主や番頭らの前ではぜったいにしない、ぞんざいな口ぶりで言った。

「徳松、口が過ぎるぜ」

染松も、仲間内だといつもより乱暴な言い方になる。

「だって、そうでしょ。こんな半端物《はんぱもの》、いったいどうすんだか」

徳松は、自分たちが荷ほどきして並べた品を見下ろしながらこき下ろす。染松は、表情を硬くした。

「今度、暖簾分けを許された番頭さんが新しく見世を開くところは、ここは客の求める物も違うだろうさ。旦那様は、そんなことまで考えて、仕入れをしてらっしゃるはずだ」

「でも、『新しい見世用だ』って、今まで蔵からずいぶんと持ち出してんでしょう。その後に来た荷がこれだってんですぜ。ちょいと不思議に思いませんかね」

「そんなに気になるんなら、お前、旦那様へ直《じか》にお尋ねしたらどうだ」

染松に強く言われると、口答えした徳松は目を逸《そ》らした。口は閉じたが、不満や疑問は解消されていないようだった。

市松には仕入れた品物の善《よ》し悪《あ》しは判らないが、実際のところ自分がやってきたころと比べて、蔵の中は確かにだいぶ隙間《すきま》が増えている。

――染松さん、番頭さんの暖簾分けで引き上げてもらえるって、張り切ってるぜ。だからってなにも、あんなに尻尾《しっぽ》を振らなくてもいいだろうによ。

二人きりのときに、徳松が市松へ叩いた陰口だった。

暖簾分けされた長三は、自分の見世で新たに人を雇うが、慣れない者ばかりではさすがに商いはうまく回らない。長三の見世が先方の奉公人だけで切り盛りできる目途《めど》が立つまで、染松が出向き住み込みで手伝うことになっていた。

そして長三の見世での仕事を終えて戻ってきた後に、染松は若衆《わかしゅう》に引き上げられると聞かされている。若衆とは大店以外ではあまり使われない言葉で、身延屋でも染松を就《つ》けるのが初めてのことになるのだが、小僧の中で経験を積んだ者が称せられる立場だ。つまり、染松は身延屋に戻ってきたなら、手代から新たに番頭になる文吉の後釜として、手代見習いに出世するということだった。

――つい昨日まで気の置けぬ仲間としてやってきたのに、己が引き上げられるとなったら目の色を変えていい子を気取りやがる。

徳松が、このごろの染松のことを快く思っていないのは、やってきたばかりの市松にも判る。新参者の小僧は、ぎくしゃくしかけた二人の間に割って入る言葉を投げかけた。

「ところで、旦那様や番頭さんは、奥へいったきりで何をやっておいでなのでしょう」

市松の疑問に、徳松は口の端を歪《ゆが》めて皮肉な笑みを浮かべた。

「旦那様の道楽が始まったのさ」

「旦那様の道楽？」

「ああいうとこがなきゃあ、ホントにいい主でいらっしゃるんだけどねえ」

市松には、徳松が何を言っているのか判らない。染松が何か言いたそうにしながらそれでも口を噤《つぐ》んでいるのは、内心では徳松の言葉に同意しているからかもしれなかった。

陽がかなり陰ってきたせいか、市松は不意にぞくりとしたものを背中に感じた。振り返ると、主の西左衛門が番頭の長三とこちらへ向かってくるところだった。

四

「物乞《ものご》いの、行き倒れですか？」

市松が、店先へ出していた平台《ひらだい》を自分とともに中に運び込もうとしている徳松に訊いた。道行く人の目を惹《ひ》くようにと台に乗せられていた商品は、先に移し終えてもう見世の板間に並んでいる。

二人して、見世仕舞いの最中なのだった。

日暮れ間近になってしまったということで、主の西左衛門から番頭、手代に一番年長の小僧の手も借りて、本日仕入れた品物の確認をすることになったのだ。なりゆきで、今日の見世仕舞いは一番年若の二人に委ねられた。

そうして徳松と市松の二人は、上の者の耳を気にせずに、好き勝手を口にしながら任された仕事に従事しているのだった。

「ああよ。お前がお客さんにくっついて見世を出て、そう経たないうちにそこへ蹲《うずくま》っちまった女がいたんだ」

平台を運びながら、徳松は顎先《あごさき》で見世の外を指し示した。

「連れ合いもすぐそばにいたんだけど、何もできないでオロオロするだけさ。ひと目見りゃあ物乞いだって誰でも判る格好してたんだから、商売の邪魔だって追い立てりゃあいいのに、人のいい旦那様は気の毒がって、中へ運び込んじまったのさ」

「ああ。その看病で、旦那様も番頭さんも奥へ引っ込んでらしたんですか」

ようやっと、市松にも腑《ふ》に落ちた。

「番頭さんのほうは、都合よく身延《みのぶ》屋の前で行き倒れたのは仮病じゃないかって、半分は疑ってたから、旦那様にくっついてったんじゃないかと思うけどね」

「それで、大丈夫だったんですかね」

市松のほうは、見世の主同様、仮病などとは思っていないようだ。

「物乞いの亭主のほうだけど、中に入れてもらうのをさかんに遠慮してたね。それでも女房が倒れたまま動かないもんだから、旦那様に押し切られて一緒に運び込んだんだけど、医者を呼ぶのだけは『とんでもない』って言って聞かず、どうしても受けつけなかったってよ。

それでも横にならせて介抱《かいほう》してたら、どうにか落ち着いたんじゃないかねえ。旦那様が蔵へやってらしたとき、そういう顔をしてたからねえ」

「でも徳松さん、蔵の前で荷ほどきしてて、よくそこまで奥のことを知ってますね」

感心する市松に、徳松はニヤリとしてみせる。

「荷ほどきしてたって、どうしていいか判らないことは番頭さんに指図を受けにいったり、あるいは厠《かわや》で仕事をはずすことだってあらあ。そういうとこで目端《めはし》を利かせられないと、先々旦那様に引き上げてもらえるようにゃなれねえぜ」

悪ぶったようにも見える、大人びた答えを返してきた。が、次に口から出た言葉は小僧らしいもので、せっかくの先達《せんだつ》ぶりが台無しになった。

「あーあ。今夜は菜《さい》（おかず）に魚がつく日だってえのに、あんな邪魔者が割り込んできたから、おいらの分の割り当てが減っちまうかねえ」

商家に住み込みで働く奉公人の食膳は、貧しいものだった。飯と汁に漬物、それに野菜の煮たのか何かがひと品つけば、ごく上等の部類である。魚などは、月に一、二度出るか出ないかという見世がほとんどだった。

この当時、屎尿《しにょう》は肥料としてそれぞれで契約した農家に引き取られていたが、商家の屎尿は滋養分が少ないとして、ちょっとした裏長屋などよりも安く買い叩かれていたほどであったという。

「そこまで、居続けますかね」

「うちの旦那様のこった、飯も食わせずに放り出すようなことはしなかろうよ。それどころか、『今夜は泊まってけ』ぐらいのことは、言いかねないお人だからね」

徳松の非難は、「商人としての真っ当さ」からいけば当然のもの言いだっただろう。しかし、「身延屋の主夫婦がかように篤実《とくじつ》であるからこそ、自分は拾ってもらえたのだ」という自覚がある市松とすれば、いささか耳に逆らう言い草に聞こえた。

徳松のほうは、初めてできた後輩の心情などに頓着《とんちゃく》していなかった。台所から漂ってくる匂いに鼻を蠢《うごめ》かせる。

「この匂いからすると、今晩は焼き魚じゃなくって煮魚のようだねえ」

今にも舌舐《したな》めずりしそうな顔つきだった。実際、一番下っ端の奉公人である小僧らにとってみれば、たとえ貧しい膳ではあっても、三度の食事以外に楽しみなどはほとんどない。

「病人をほっといて、お内儀様は台所の支度をなさっておいでなんですかね」

市松が、ふと疑問に思ったことを口にした。身延屋では、奉公人の食事の支度は普段、権助の亥太郎爺さんに任せているが、膳に魚を載せるときには、旦那様と自分の菜を作っているお内儀様が料理をしてくれるのだった。

「見世の中へ入れて寝かしてやるだけで十分だ。放《ほ》っときゃいいのさ」

徳松はあっさりと断じた。

見ず知らずの者を家の中に入れたまま放置していてよいのかという気もするが、そんなことを案じるくらいなら招き入れはしないだろう。市松は、余計なことを口にすることなく黙って聞いていた。

結局物乞いの夫婦者は、食事を与えられた上に今夜ひと晩、身延屋に泊めてもらうことになった。ただ当人たちが遠慮して、食事は台所の土間の隅、寝るのも同じ場所に筵《むしろ》を借りて、地べたの上で結構ですと言って譲らなかった。

野天で寝るのが当たり前のようになっている当人たちにとっては、屋根があって風の通らない壁に囲われているというだけで、御《おん》の字《じ》だったようだ。

小僧たち三人は、仕舞いかけの湯屋《ゆうや》（銭湯）に行って汗を流してきてから、念願の魚が膳に載った食事にありついた。

湯屋には、見世から木札を持っていって見せれば、いちいち湯銭《ゆせん》（入浴料）を払わずに済む。この木札は、見世のほうで湯屋と「月にいくら」で取り決めて、受け取っている物だった。現代風に言うなれば、湯屋用の定期券なのだ。

陽が落ちた後の湯屋は、市松らと同じような住み込みの奉公人たちでいつも混んでいる。仕舞い湯だから、表面には垢《あか》が浮き、体を沈めた足の裏にザラザラと砂を感じるほど汚れているのは仕方がないとしても、釜《かま》の火ももう落としているため、特に冬場は上がった後で風邪《かぜ》を引かないように気をつけなければいけないほど、冷めて温《ぬる》いお湯になってしまっている日もあった。

奉公先の見世を閉め、風呂にも入って食事を終えれば、もう一日は終わりかというと、そうはいかない。小僧ら三人は、帳場の前に文机《ふづくえ》を並べて、番頭さんや手代さんを師匠に算盤《そろばん》や習字の手習いをするのが日課だった。

これも、先々立派な商人《あきんど》になるためには欠かせぬ修練だ。

「これ、徳松。手許が疎《おろそ》かになってるぞ」

手代の文吉が、筆を手にしたまま舟を漕《こ》ぎ始めた徳松を叱った。名指しで怒られた徳松は、慌てて背筋を伸ばすと、目をぱちくりさせた。

「そんなことでは、染松の後に続いて若衆になるどころか、すぐに市松に抜かれてしまうぞ」

「へい、すみません。頑張ります」

そう答えはしたものの、今宵はいつもに増して、どうにも習いごとに身が入らなかった。気合いを入れようと己を叱咤《しった》しても、つぎの瞬間にはもう頭がぼうっとしてきてしまう。

すぐに、目蓋《まぶた》が垂れ下がってきて、頭も前へと傾《かし》いできた。

三人の小僧を等分に見ていた番頭の長三が、溜息をついた。

「今日は、このぐらいにしておこうか」

以前は番頭と手代が交代で立ち会っていたのだが、市松が見世へ来てからは二人がともに小僧たちの面倒を見る日が多くなっていた。教えるべき者の数が増えたからというよりは、「暖簾分けで身延屋を離れる前に、できるだけきちんと教え込んでやろう」という、長三の気持ちから生じた変化のようだった。

切り上げが宣されると、小僧たちは明らかに安堵《あんど》の表情になった。

「でも番頭さん、まだ始めていくらも経ってませんよ」

文吉が、小僧を甘やかすのはよろしくないと反対する。その手代を、番頭は穏やかな顔で見返した。

「始めていくらも経ってないのにこの有り様だから、これじゃあいくら続けても実《み》にはなるまいと言ってるんだ——文吉、お前さんは不満そうだが、そのお前さんも今日は、ずいぶんと疲れてるようじゃないか。そうじゃなきゃ、徳松が寝込んじまう寸前まで気づかない、なんてことにはなってないだろう」

指摘されると、反論はできない。たしかに文吉も、今日は妙に眠たいという自覚があった。

文吉を見る長三の目は笑っている。「あたしも同じだよ」と、目顔で語っているようだった。

文吉も、肩の力が抜けた。どうやら、疲れのせいで自分も少し意固地《いこじ》になっていたようだと、省《かえり》みる心持ちになれていた。

手代が得心したのを見て、長三は小僧らに申し渡した。

「さあ、じゃあ今日はここまでだ。しっかりと寝て、明日に疲れを残すんじゃないぞ。それから、早く切り上げるのは今晩だけだからな。明日からは、今日の分までみっちりとしごいてやるから、そのつもりでいなさい」

番頭の言葉に、三人の小僧は「はい、ありがとう存じました」と返事をした。一番声の大きかった小僧を、手代がからかう。

「なんだ、徳松。ずいぶんと元気じゃないか。それなら、お前さんだけ特別に手習いを続けさせてやろうか」

「うへえ。手代さん、勘弁してくださいな。おいらはもう、上の目蓋と下の目蓋がくっつきそうで、部屋まで無事に戻れるかどうか案じてるとこでして」

「相変わらず調子のいい小僧だねえ」

文吉は舌打ちをしたが、厳しく叱るつもりまではないようだった。

長三は、自分が出た後の身延屋が、奉公人のなれ合いになってしまうのではないかと少し案じたが、今宵そのことを言い出すよりは、日を改めて話すべきだと思い直した。

小僧三人は、早く寝床に入れると、嬉々《きき》として後片付けに取り掛かったところだった。

五

夜中。暮れも押し詰まってきた冬の夜は、家の中でもシンシンと冷え込んでくる。隣で眠る仲間の小僧らの寝息が聞こえてきていいはずなのに、何かでぴったりと耳を塞《ふさ》がれたかのように静かだった。

市松は、寝床の中で目を開けていた。いつも寝つきはよいほうで、夢を見た記憶もないほど朝まで熟睡するのが常なのだが、なぜか今日は不意に目が醒《さ》めてしまったのだ。

朝の光ひと筋入ってこないことからも、鶏《にわとり》の鳴き声が聞こえてこないどころか、外に動く者の気配ひとつないことからも、まだ夜中であるのは明らかだった。

小便に行きたいわけではない。体に掛けた搔巻が薄すぎて寒いわけでも、逆に暑すぎるわけでもない。

とにかく目が冴《さ》えてしまって、また目蓋を閉じても、もう眠気がやってこないのだ。

――今日は、どうしちまったんだろう。

真っ暗な中、市松は仰向《あおむ》けに横たわったまま、天井があるはずの闇を見上げていた。

――いつもとおんなし、ただの一日だったのに。それから、手代さんに教わりながら筆を手にしていたときは、あんなに眠かったのに。

今は目が冴《さ》えて、どうにも眠りが訪れてきそうにない。

蒲団の中でそんな埒《らち》もないことを考えていると、どこかから微かに耳慣れぬ音が聞こえたような気がした。

――何だろう。見世の外かな……いや、台所のほうか。

音のした方角や距離を頭の中で測っているうちに、そういえば今日は、普段とは違う者がこの見世の中に泊まっていることを思い出した。

――物乞いの夫婦者？　まさか……。

心の中で不意に湧き起こった不安を、慌てて打ち消そうとした。寝床に入ったままじっと耳を澄ましたが、もう妙な音は聞こえてこなかった。

——なんだ、気のせいか。

そう気を緩めかけたとき、スーッと襖《ふすま》を滑らせる、音ともいえぬほどの微かな気配が伝わってきた。

市松は、寝床の中でゾクリと身を震わせた。

——誰か、入ってきた！

搔巻に両手を掛けたまま、しっかりと目を閉じて身を固くする。侵入者に、自分が起きていると悟られてはならなかった。

なぜかというところまでは思い浮かばなかったが、ともかく、とても大事なことのような気がしていた。

ミシリ、と誰かが畳を踏むのが判った。

が、それで、襖が開けられたのも、人が入ってきたのも、己らが寝ているところではなく、隣の部屋だということがはっきりした。

——ここじゃない。

ほんのわずかな安堵を覚えたが、一方でそのままでは済むまいという心の声がしている。

気配を殺した誰かが忍び入った部屋では、番頭さんと手代さんが寝ているはずだ。

――番頭さん、手代さん、早く起きて！

心の中で呼び掛けたものの、それで二人が目を醒ました気配はなかった。なぜか、先ほどまでは耳に届いてこなかった二人の呼吸の音が、今は聞こえるように思えた。

二人は、何も気づかぬまま安らかな寝息を立てている。

そのまましばらく、隣の部屋から聞こえてくるのは二人の寝息だけだった。

――このまま何も起こるな！

市松が強く念じたのが悪かったかのように、今までしなかった音が発せられた。

パタリ。

それは、掌《てのひら》で軽く掻巻を叩いたような音だった。

――番頭さんか手代さんか、どちらかを起こそうとしている？

そんな想像が働いたが、一度だけだった音は、二度、三度と重なり、間隔も詰まった。

パタリ、パタリ、パタリパタリ、パタ、パタ、パタ、パシャ……。

何度もしているうちに、音が鳴る速さばかりでなく、鳴り方も少し変わってきたようだ。なんというか、最初は乾いていた物が、叩いているうちに中から水が浸《し》み出してきて、湿った音になってきたとでもいうような……。

さらに、別な音が加わった。

「ぐへえ」

なぜ出てきた声かは不明ながら、それは、確かに番頭さんの唸《うな》り声だった。番頭さんの唸りは、喉《のど》に痰《たん》を詰めたような鈍い響きを交えて途切れた。

もう、隣の部屋で尋常ならざる何かが起きているということに、疑いはなかった。

市松の寝床のすぐ隣には、徳松の蒲団が敷かれている。市松は寝具の中でそっと半身になり、隣の掻巻の中へ手を伸ばした。

幸いにも、すぐに徳松の寝間着《ねまき》の袖に触れた。

掻巻の中へ差し入れた手で徳松の腕をしっかりと摑《つか》み、「声を立ててくれるな」と祈りながら、相手を揺さぶる。

が、徳松は目を醒まさない。

——起きろ、起きてくれ。

徳松が目を醒ましたからといって、今起こっている何か空恐ろしいことが収まってくれるとは限らない。それでも、自分と一番歳の近い仲間が、何も知らぬまま凶事に巻き込まれるのは避けさせてやりたかった——いや、正直なことをいえば、こんな怖ろしい思いを自分一人だけで味わうのにもう耐えられなかったのだ。

徳松を揺する市松の動きは、もうなりふり構わぬものになりかかっていた。

——徳松さん！

大声で、叫び出したいほど心は急《せ》いている。

が、いくら揺すっても、徳松が眠りから目醒めそうな兆候は少しも見られない。まるで糸の切れた操り人形のように、徳松は目を閉じて揺さぶられるままになっていた。

と、市松は背中へ冷水を浴びたかのように総毛立った。隣の部屋でしていた気配や物音が感じられなくなったことに、不意に気づいたのだ。

——感づかれた⁉

市松は、ピタリと動きを止めた。耳を澄ませて、今己が背にしているほう、襖の向こうの気配を聞き取ろうとする。

しかし、何の物音も聞こえてはこなかった。

隣の部屋で何か恐ろしいことをしていた者が、そろりそろりとこちらの部屋との境の襖に近づいてきているような気がしてならなかった。

自分の気配を悟られるのを怖れて身動きすることもできない市松は、じっと息を殺して堪《こら》え続けた。大声を上げながら掻巻を撥《の》ね除けて飛び出したいのを、

「我慢しろ」とどうにか自分に言い聞かせて寝床の中に居続けた。

すると、先ほどと同じパタリ、という音が聞こえてきた。

——気づかれていなかった！

ほっとしたが、猶予《ゆうよ》はならなかった。

——番頭さんを終えて、今度は手代さんの番になった？

今、隣の部屋で起きていることなど想像したくもないが、あの音が途切れれば、次は自分たちの部屋だということを直感的に察知していた。

市松は、息も気配も殺しつつ上体を起こした。ほとんど何も見えない闇の中で、周囲を見回す。

——外へ出るには、廊下を隣の部屋のほうへ行かなきゃいけない。

今の自分には、とても無理だと思った。それに、今夜見世に泊めた物乞いが、夫婦二人組だということも頭の隅にはあったのかもしれない。たとえ隣にいる者の手は逃れることができても、外へ出る前にもう一人に行く先を遮られてしまえばそれまでだった。

そうしたことを考えながら、市松は寝床からそっと足を抜き、四つん這《ば》いで動き出していた。立ち上がらなかったのは膝が震えて二本足では満足に動けなかったためかもしれないが、実際のところ物音を立てることなく移動するには、四つん這いのほうが都合がよかったといえた。

移動していった先が隣の部屋とは反対側だったのも、単に恐ろしいものから逃れたい一心からだったのだろう。動転していて、闇の中で自分がどの程度動いたのかを正確に測る余裕などとうていなかったが、四つん這いで歩くときに手足に当たる寝床の感覚で、もう向こう側の端近くまで来ているらしいことは判った。

この部屋には、自分と染松、徳松の三人が寝ている。年嵩《としかさ》で奉公の年数が自分より長い二人は部屋の両端に、自分は真ん中で川の字に寝床を並べていた。隣の部屋のほうの端は徳松だから、今、自分の手に触れているのは染松の蒲団の端のはずだった。

——染松さんなら起きるか。

そうも思ったが、無駄だということをなぜか自分はすでに理解していた。それより、もうときがない。隣の部屋との境の襖は、もはやいつガラリと開けられてもおかしくはないのだ。

市松は、そっと右腕を前へ伸ばした。無造作に突き出して壁に当て、音を立ててしまうのが恐かった。

が、「おそらくこのあたりだろう」と見当をつけたところまで肘《ひじ》を伸ばしても、指先はまだ何にも当たらない。

部屋の中央、自分の寝床の辺りにいたときには、それでも漠然と何がどこにあるかがうっすら見えていた気がしたのだが、ここまで壁に近づいてしまうと、目の前にあるのはどこまでも続いていそうな真っ暗な闇ばかりだった。

——本当に、この先には何もなくなっていて、このまま体を伸ばせば己は闇の中に呑み込まれてしまうんじゃなかろうか。

そんな気さえしてくる。

しかし、背後に差し迫った恐怖と比べれば、何もない闇の中へ落ち込んでいくほうがまだマシかもしれなかった。

市松は、思い切ってさらに腕を伸ばした。と、急に指先が何かに突き当たる。カツンという微かな音を立ててしまったような気がして、市松は息を呑んだ。

が、襖の向こうからはまだあのパタパタという音が聞こえ続けている。

——音が立て続けになってる。

それは、もうすぐやむということを意味していた。

手先が当たった感触で、市松は目の前にあるはずのものが漆喰《しっくい》の土壁ではなく、押入の引き戸に貼られた襖紙《ふすまがみ》であることにようやく思い当たった。

ときはない。

戸の表面をなぞるように滑らせていった右手の指先が、金物の引手《ひきて》に触れた。左手と両膝を使って体を押入のすぐ前まで持っていき、丸い金具の窪《くぼ》みに指を立てる。

——そっと。できるだけ音を立てないように、そっと。

押入の戸が動き始めるとき、わずかに引っ掛かってカタンと揺れたような気がした。が、隣の部屋のパシャパシャいう音はまだ続いている。

戸が予想外の動きをしても、こたびの市松は体を固まらせなかった。ゆっくりと、引き開け続ける。自分の体が十分入るほどに開けてから、市松は中仕切りの板を支えにして体を持ち上げた。

三人分の寝具を取りだした後は、がらんどうになっているはずだからだ。市松は、壁際の闇よりさらに暗い闇の中へ、体を滑り込ませていった。

足先まで入れ終わると、戸の木枠に手を掛けて内側からそっと閉めていく。隣の部屋との境の襖が開けられたのは、市松が押入の戸を閉め終えるのとほとんど同時だった。

第二章　鬼変《きへん》

一

——同じ部屋の中に、あいつがいる！

市松は、押入の真っ暗闇の中で息を詰め、身を強張《こわば》らせていた。仕切り一枚隔てた先に恐ろしい誰かがいるのは、寝床で横になっていた際と変わりはしないが、今はあのときよりもずっと距離が近くなっている。

そして、自分が逃げ場のない袋小路《ふくろこうじ》に自ら飛び込んでしまったということに、市松はこのときになってようやく気がついた。

が、今さら悔やんだとてどうしようもない。無駄だとは知りつつも、見つからないことをただひたすら祈るしかなかった。

小僧らの部屋に入ってきた何者かは、開けた襖のところに立ってしばらくじっと部屋の中の有り様を眺めている様子だった。すると、その背後にもう一人、人の立った気配が押入の中まで伝わってきた。

先に入っていた者へ掛けられた新たな侵入者の声は、女のものだった。

「どうした、さっさと済ませよ」

――この声は！

市松には、聞き憶えがあった。市松の想起が当たっていたならば、それは今日初めて姿を見掛けたばかりで話をしたこともない物乞いの女房とは、全く別の人物だった。

――まさか、そんなはずは……。

自分は、心当たりがあるとして思い浮かべたその人物について、こんな冷たい言い方をしているのを聞いたことがなかった。

――他人のそら似で、あのお人のように聞こえただけだ。

そう思い直したが、前からいたほうの返事を聞いて、自分の聞き違いでないと思い知らされることになった。

「一人足らぬ――市松が、おらぬわ」

──やはり、旦那様とお内儀様！

どうしようもない絶望が、衝撃を伴い市松を襲った。

見世の主夫婦ならば、この家の間取りも、こうやって隠れている自分のことも熟知している。いくら息を潜《ひそ》めていても、すぐに見つかってしまうことは明白だった。

──でも、なんで旦那様やお内儀様がこんなまねを？

市松には、考えも及ばぬことだ。

突然父を喪《うしな》い身寄りのなくなった自分を受け入れてくれた身延屋の主夫婦は、自分だけでなく奉公人たち皆を労《いたわ》りながら見世を切り盛りしている。今日市松が商品を運んでお供した客ばかりでなく、周囲からは善行《ぜんこう》の人だと評判を受け、それは見世の奉公人たちも日々感じていることだった。

──それが突然、なんで……。

考えても、市松に答えが出ることではない。どうしても知りたいならば、見つかったとき、手を掛けられる前に訊くよりないと思えた。

押入の中に隠れた小僧が恐れ戦《おのの》きながら脈絡もなくそんなことを考えていると、小僧らの部屋に侵入した二人は新たな会話を始めた。

「亥太郎の爺《じじ》ぃや物乞いの二人は、始末したろうな」

これは、西左衛門の声だ。お六が応じる。

「ああ、手もなかったわ——後は、小僧どもだけだ。さっさと済ませてしまおうぞ」

「……先に、市松を探さなくてよいか」

西左衛門の言葉を聞いて、押入の中の市松はピクリと体を震わせた。ついで発せられたお六の返答に、肩の力を緩める。

「どうせ、そう遠くへは行けまい。薬が効いておるはずゆえな——おおかた厠で寝惚《ねぼ》けておるか何かしているのであろう」

——薬？

市松の耳に、お六のそのひと言が残った。

そういえば、夕飯の膳についた煮魚がどうにも苦く感じられて、わずかに箸《はし》をつけただけでやめてしまったことを思い出した。

月に二、三度しか膳に載らない魚は、いつものようにお内儀のお六が調理した。そして市松が残した魚は、徳松がうまいうまいと言って平らげてしまったため、お六は市松も皆と同じように魚を食べたのだと勘違いしたのかもしれない。

西左衛門のほうには、たとえば「本当に薬が効いていたならば厠へ起きるか」というような疑問が生じていたかもしれないが、お六のほうは気にすることなく亭主を促す言葉を吐いた。

「ともかく、こやつらを先にやっつけてしまおうぞ。後は一番下の小僧一人、いかようにもできるわえ」

「見つからぬとて、最後に火をつけてしまえば一緒に黒焦げになろうしの」

西左衛門のほうも、ようやく同意した。

――火までつけるつもり……。

これまで自分が慕《した》っていたはずの主夫婦は、今の市松から見れば、もはや得体《えたい》の知れない化け物だった。

また、あのパタリ、という音が押入の戸越しに聞こえてきた。

「お前さん、番頭と手代をやるときは、ずいぶんと酷《むご》い殺し方をしたようじゃのう」

お六の声は、楽しげに聞こえた。お六も隣の部屋を通ってこちらへ入ってきたから、何が起こったかは見ているはずだ。

「ああ、念を入れても二度か三度でよかろうと思うておったが、やってみるとやめられなくなっての。何度も突き刺してしもうたわ」

西左衛門の返事は、まるで「茶請《ちゃう》けを口にしたら止まらなくなった」というのと同じように、のんびりと聞こえる。

「我も、物乞いの二人はともかく、亥太郎の爺ぃをやるときにはつい興《きょう》が乗っての、首のところで包丁《ほうちょう》をぐるりと回したら、もげ落ちてしもうたぞ」

世間話のようなやり取りの合間に、またあのパタリ、パシャリという音が聞こえてくる。

市松は不意に、その音が何かを悟った。

——播巻の上から、包丁で染松さんや徳松さんを刺してる……。

固く目を閉じてしまう。染松や徳松のことを想い、心が張り裂けそうになった。

しかし、ただの他人事《ひとごと》ではない。今、耳に響いてきている音は、これから自分の身に起こることをもはっきりと示していた。

何も知らぬままに命を絶たれる染松や徳松のほうが運がよいのか。それとも、己の最期をそうだと知って迎えられる己のほうが幸せなのか——どちらがよいか選ばせられたとて、市松には答えようがなかっただろう。

「さて、あと一人か」

西左衛門は、ようやく目途がついたと立ち上がったようだった。

「どこにおるかのう」

「まずは、手近なところから見てみるか——薬が効いているからには、まさか、こんなところに隠れてはいまいが」

のんびりとした声が、自分の隠れる押入のすぐそばでした。

——これまでだ。

市松は、押入の中の狭い空間で固く目を閉じた。

二

今にも押入の戸が引き開けられるはずだと、市松が恐怖のあまり気を失いそうになったちょうどそのとき、部屋の中ではまた予測もできなかったことが起こった。第三者の声が響いたのである。

「とうとう正体を顕《あらわ》したな」

毅然《きぜん》とした、しかしながら市松は今まで聞いたことのない、若い男の声だった。

「誰だっ」

押入の戸のすぐ向こう側で声を発したのは、西左衛門だ。

「お前らのような連中の、掃除屋だよ」

また新たな声が、問いに応じた。今度は、若い女のものだった。

「お前らは――物乞いの二人。この手で刺し殺してやったはずなのに、なぜに生きておる」

お六の問いに、若い女の声が答える。

「爺さんの首を落とすほど残忍な殺し方をしたお前が、なぜにあたしらにはひと突きずつしかしなかったと思う――あたしらが、それしかやらせなかったからさ。お前らは、もうあたしらの術中に嵌《は》まってるんだよ。判ったら、大人しく観念しな」

若い女の啖呵《たんか》を、お六はせせら笑った。

「そうかい、何か手妻《てづま》(手品)みたいなことをやらかして、刺されたふりをしたってかい――けどね、一度しか突かなかったのは、それで終わらせなきゃならない理由《わけ》があったからだ。別にお前さん方に誑《たぶら》かされたからじゃないよ」

「へえ、負け惜しみかい」

「好きに取るがいいさ。でもまあ、どうせここでくたばるんだから教えてやろうかね。お前さん方にゃあ、旦那様とあたしの着物着《べべ》て、死んでてもらわなきゃならないからだったのさ。

せっかく命が救《たす》かったんだからそのまま逃げちまえばいいものを、わざわざこんなとこまで面《つら》ぁ出してくれるとは、ずいぶんとご親切なことだよ。そんなに死にたいならご要望どおりしっかりと殺してやるから、今度は間違いなくあの世へ行っちまいな」

これには、若い男のほうが応じた。

「なるほどな。俺らをお前さん方の身代わりに仕立て上げて、人殺しの咎《とが》は姿が見えなくなった物乞いの夫婦者に被《かぶ》ってもらおうって算段かい。それで、親切なふりして俺らを見世へ泊めたのか」

「実際、親切にしてやったろうが。ちょっとでもありがたいと思ったなら、あたしらへの恩返しをしておくれな。なあに、死んでここへ横たわってさえくれりゃあ、後はあたしらでやってやるよ」

次に若い男が口にした言葉は、仲間の女への説明だったのだろう。

「一度しか突かなかったのは、いくつも傷をつけちまうと、それだけ面倒になるからだ。俺らの死体をこいつらだと見せかけるなら、こいつらの衣装を着て刺された格好になってなきゃおかしいだろ。

俺らに衣装を着替えさせた後で、体へ付けた傷どおり衣装に裂け目を入れなきゃならねえことになる。とても滅多《めった》刺《ざ》しなんぞにゃ、できなかったわけだ」

「でも、見世ごとみんな焼いちまうつもりだったんだろう」

若い女の疑問には、お六が答える。

「あたしらぁ、お膳立てはきっちりやるのが好みなんだ。万が一、焼け残ったときの用心もしとかなきゃあね」

「もし焼け残ったら、お前らじゃないってバレちまうんじゃないのかい」

「そんな心配はしてもらわなくても大丈夫だよ。家に火を掛ける前に、お前さん方の顔は区別がつかないぐらい、念入りに焼いてあげるからさ」

「……外道《げどう》が」

低い声で、若い女が吐き捨てた。

「人の親切を逆手《さかて》に取るようなお前さん方にゃあ、言われたくないね」

「何が親切だい。己らが逃げるための捨て石にするつもりで、瞞《だま》して呼び込んだんだろうが」

ずっと黙ったままやり取りを聞いていた西左衛門が、ここで口を挟んだ。

「瞞したのはお互い様だったようだな――お六、もうよかろう。いつまでも、このような奴らの相手をしておる暇はないぞ。さっさと済ませようではないか」

若い女が応ずる。

「こっちのほうが、さっさと片付けてやるさ」

「口先ばかりでなく、懸《か》かってこい」

西左衛門は、いっさい気を昂《たか》ぶらせることなく言い放った。まるで、気心の知れた友人と茶の間で碁盤《ごばん》を囲もうとしているかのような口ぶりに聞こえた。

無論、市松は見世の主が命の懸かった場でこのような落ち着きをみせるとは、全く考えたこともなかった。西左衛門は市松にとって、ただ慈悲深い商家の主、己が奉公する見世の旦那様であったのだ。

だからであろうか、市松は、自分でも思いもしなかった行動に出ていた。押入の壁に頭を押しつけると、きちんと締め切ることまではできなかった戸板の隙間に顔を当てて、部屋の様子を覗き見し始めたのだ。

すっかり闇に覆われているとばかり思っていた部屋には、ほんのわずかな明かりが灯っていた。どうやら、隣の部屋で番頭さんと手代さんを手に掛けた西左衛門は、自分らの部屋から有明行灯《ありあけあんどん》（当時の常夜灯《じょうやとう》）を持ち込んでいたようだ。

その灯りに、四人の人影が浮かび上がっていた。部屋の中にいるのは主の西左衛門とお六。隣の部屋との境辺りにいるのが、物乞いの男女のようだった。

先ほどまでのやり取りがまるでなかったかのように、四人は押し黙ったままじっと対峙《たいじ》していた――西左衛門とお六は手に大きな出刃《でば》包丁を持ち、物乞いの二人は素手で立っている。

見世の主夫婦の手にある包丁が、薄明かりとはいえ全く光を照り返さずに黒々としているのは、表面をどす黒く粘る何かで覆われているからかもしれない。

動いたのは、どちらが先だったろうか。

西左衛門が物乞いの男のほうへ一歩踏み出すのと、男が右手を西左衛門のほうへ大きく振るのが同時に見えた。

「ぐっ」

喉の奥で唸り声を上げた西左衛門は、右足を踏み出したところで立ち止まっていた。

「お前さん」

亭主の異変に、お六が呼び掛ける。

西左衛門は答えず、見えない何かで引き寄せられるのへ抗《あらが》うかのように、腰を落とし足を踏ん張っていた——そう、確かに引きずられようとしているのであろう。物乞いの男は、振り出した右手を腰の辺りに、左手は前に出して、まるで捕《と》り縄《なわ》でも手繰《たぐ》るような手つきをしている。

「させないよっ」

お六が、手の包丁を振り上げて、男と西左衛門の間に割って入ろうとした。

すると、今度は物乞いの女のほうがお六に向かって右手を振った。

「ぐわぅ」

こたび吼《ほ》えたのは、お六だった。女のほうへ顔を向けたお六の左の顳顬《こめかみ》の辺りに、細長い何かが突き立っているのが、押入から覗く市松の目にも見えた。

お六は、足をよろめかせて前へ出る。が、そのまま倒れ伏すことなく右手を振るった。

お六の包丁は、物乞いの男が西左衛門の動きを封じていた糸を断ち切ったようだった。西左衛門は腰を伸ばしてしっかりと立ち、男は手繰り寄せようとする手つきをやめて腕を下ろした。

お六もよろめいていた足を踏ん張ると、左手を上げて自分の顔の横から生えている物を無造作に抜き取った。そのまま、放り投げる。

畳に、大きさの割に重量のある何かがドサリと音を立てて落ちた。

「ここまで覚醒してたとは……お前ら、こういう非道は初めてじゃないね」

物乞いの女の声は、驚きから憤《いきどお》りへと変じていった。

「ダッタラ何ダイ。死ンデクお前さん方ニトッチャ、ドウデモイイコトダロウ」

市松には、お六の声の質が急に変わったように聞こえた。口元に、ピンと張った薄紙を持っていって話しているような、どこか震えた、あるいは二重に聞こえるような耳障《みみざわ》りな声だった。

「今の一撃で、却って変貌《へんぼう》を促進させたか……」

今度の呟きは、物乞いの男が放ったものだった。どこか、今までとは違った焦りを感じさせるような言い方だった。

物乞いの男が動く。すると、西左衛門が吼えた。

「グァウ」

物乞いの男がまた腕を振るったことによって、西左衛門は前と同じように縛られかけたのだが、今度は自身の力で己を束縛《そくばく》しようとする見えない糸を引き千切った。

「オ前ラ、赦《ゆる》サヌ」

西左衛門も怒気を顕《あら》わにした。

「気をつけろ。内儀の変貌に、亭主も同調しているぞ」

物乞いの男が、仲間の女に警告を発した。

物乞いの男女が構え直す。これまでにない、慎重さを感じさせる動きだった。

身延屋の主夫婦のほうは、対照的に堂々として見えた。一方的に攻められた後なのに、無警戒に胸を張り、二人並んで敵へ向かって足を踏み出した。

物乞いの女が、右腕を頭の横に振り上げる。その手には、おそらく全長六、七寸ほど（約二〇センチ）の、何か細長い物が握られていた。

「手裏剣《しゅりけん》カイ、ソレトモ苦内《くない》（本来は棒手裏剣のこと）トデモ呼ンダホウガイイカネ。ドッチニシテモ無駄ダッテコトハ、サッキ十分判ッタダロウニ」

お六が、女をからかうように言った。

唇を引き結んだらしい物乞いの女は、投擲《とうてき》しようと右手を引く。と、男の制止が掛かった。

「よせ、無駄遣いするな」

わずかに仲間の男のほうへ視線を動かした女は、「でも……」と逆らいかける。

それに応じたのは、やはりお六だった。

「ソッチノ男ノ言ウトオリダ。数ニ限リガアルンダロウカラ、大事ニシナイトネエ——マアア、イズレニセヨお前さん方ハ、モウ終ワリダケドサ」

「トキヲ使イスギタ。スグニ片ヅケルゾ」

西左衛門の考えに、お六も乗ったようだった。ふふ、と楽しげに笑いながら、また前へと踏み出した。その足取りはまるで、無邪気な悪戯《いたずら》をまさにこれから仕掛けようとする、幼児《おさなご》のようだ。

物乞いの男女のほうは、わずかだがさらに後ずさった。気圧《けお》されているのは明らかで、それぞれの態度に有利不利がはっきり表れているのが、押入から覗いている市松にも判った。

三

「だいぶ苦戦しておるようじゃな」

二対二で対峙する物乞いの後ろから、また新たな声が上がった。

「ホウ、お前さん方ノオ仲間カイ」

新たな人物の登場にも、お六の声には、もう驚きは含まれていなかった。市松が押入より窺《うかが》うお六の背中は、誰が何人加勢に来たとてもはや負けることはないという、自信に満ち溢《あふ》れているように見えた。

「御坊《ごぼう》、ここはそなたの来るところではない。控えておられよ」

物乞いの男のほうが、背後の声に向かって警告を発した。

が、「御坊」と呼ばれた男は構わずに姿を現した。新たな男は呼ばれたとおり、坊主頭で袈裟《けさ》を身に纏《まと》うという、僧侶の格好をしていた。

「そうは申すが、そなたら二人が斃《たお》されてしまえば、拙僧《せっそう》がこの化け物どもとやり合わねばならぬでのう。一人ではきついゆえ、そなたらを手伝うことで己の責を果たすふりをしたと、思うてくれればよい。まぁ、体《てい》のよい誤魔化《ごまか》しじゃな」

今まさに始まろうとしている殺し合いや、すでにあちこちに転がっている屍体《したい》などには気づきもしていないというような、どこまでも惚《とぼ》けた言い方だった。

「ホウ、坊主ガアタシラヲ殺ソウッテカイ」

お六の問い掛けに、僧侶が応ずる。

「手伝いと申したであろう。拙僧は仏道《ぶつどう》にある身ゆえ、殺生《せっしょう》は好まぬ——が、いかなる化け物であっても成仏《じょうぶつ》させるための尽力なれば惜しまぬぞ」

「何デモヨイ、三人マトメテ片ヅケル」

西左衛門は業《ごう》を煮やしたように言い放つと、大きく踏み出した。もはや、掛け合いにときを費やす気はいっさいないようだった。

「爾時仏告諸菩薩及天人四衆吾於過去……」

僧侶が右手を胸の前に出して拝む格好をし、左手で首にかけた数珠《じゅず》をまさぐりながら、何かを口の中で唱《とな》え始めた。市松の知るところではないが、それは『法《ほ》華経《けきょう》』(『妙法蓮華経《みょうほうれんげきょう》』)のうちの「第十二・提婆達多品《だいばだったぼん》」の一節だった。

経典における「品」とは、長編小説中の「〇〇の章」や連作小説の「第〇話」のように、中身のまとまりごとの区切りを表す言葉である。法華経中の提婆達多品は、「いかなる悪人でもいつかは必ず解脱《げだつ》して成仏し得る」ことを説いた部分だ。

「グッ」

西左衛門が呻いて足を止めた。

「コノ、糞坊主ガァッ」

お六が悪態をつく。

僧侶の唱える経文は、明らかに二人へ効力を及ぼしているようだった。

「為欲満足六波羅蜜勤行布施——健作《けんさく》！」

僧侶の合図に、物乞いの男が左右の腕を振るった。

健作と呼ばれた物乞いの男が放った見えない糸は、また西左衛門の体を拘束したようだった。

「ムゥ」

今度の西左衛門の抵抗は先ほどより弱々しい。相手を絡め取った健作が両腕を広げると、抗えない西左衛門も同じように腕を広げたまま立ち尽くした。

「頭目髄脳身肉手足不惜軀命——桔梗《ききよう》、白毫《びやくごう》を狙え」

今度は女のほうに命じた。

白毫とは、人の顔のうち、額《ひたい》の中央部、眉間《みけん》のやや上の部分のことである。法華経には、釈迦《しやか》が世の中の多種多様な者たち全てを観照《かんしよう》する瞑想《めいそう》に入ったとき、この白毫から光が放たれて一万八千世界を照らしたと記《しる》されている。またこの白毫は、シヴァ神などヒンドゥー教の神々の「第三の目」がある場所であり、インド哲学においては人体に七つあるチャクラのうち六つ目が存在する場所とされている。

「ガァ」

お六が啼《な》いて包丁を振りかざし、自由にならぬ体を動かして西左衛門に迫ろうとした。

僧侶は左手を数珠から放して懐を広げると、右手で中から一尺ほど（約三〇センチ）の筒状の物を取り出した。それを、お六の足元に撃ち込む。

筒状の物体はお六の爪先のところで、徳松の搔巻と敷布団を貫き畳に突き刺さった。それは本来仏具であるべき、独鈷杵《どっこしょ》と呼ばれる品であった。

独鈷杵はインド神話に出てくる想像上の武器を元に形作られた法具とされ、中央の握りの両端に槍の穂先を付けたような形をしている。本来儀式などで用いられるだけであり、手本とされた物が有する物理的攻撃性は失っているはずだが、僧侶が投じた独鈷杵は、実際に鋭利な刃を備えていた。

「時世人民寿命無量為於法故……」

僧侶は、読経の声を高める。

「糞、坊主ッ」

お六は口すら自在に動かせぬ中でなんとか喚《わめ》いたが、自分の足元に突き刺さった独鈷杵と僧侶の経を誦《ず》す声によって、それ以上前へは進めなくなったようだっ

げよ」

た。

「撃鼓宣令四方求法誰能為我――桔梗、為損《しそん》ずるな。一度で引導《いんどう》を渡して差し上

僧侶の指図に従い、桔梗と呼ばれた物乞いの女は慎重に右手の手裏剣を撃っ

た。

「グァ？」

狙い過《あやま》たず、桔梗が撃った手裏剣は、西左衛門の白毫――眉間の直上、仏像でいうならば黒子《ほくろ》のような突起で表現されている部分、へ突き立った。

「グフ……」

西左衛門の両腕から力が抜けた。

健作と呼ばれた男が広げていた両腕をそのままに、手首だけ捻《ひね》り上げながら握っていた手を開いた。何か、両手で引っ張っていた物を放す仕草に見えた。

見えない糸による呪縛《じゅばく》を解かれた西左衛門は、しばらく突っ立っていた後、不意に支えを失ったかのようにその場に崩れ落ちた。

「オ前サン！」

お六が吼える。その声は、押入の中に隠れている市松にも、悲痛な叫びとして

耳に響いた。

しかし、西左衛門を斃した三人にとって、お六の悲鳴は慈悲の心情を呼び起こす役には立たなかったようだ。三人は、西左衛門にしたのと同じ手順を踏んで、お六に対しても淡々と己らの仕事をこなし終えた。


「ふぅ、冷や汗をかいたねえ」

桔梗が安堵の言葉を吐き出し、口ばかりでなく実際に額を拭った。

健作は、読経をやめた僧侶に向き直る。

「なんで御坊が出てきた」

先ほどのやり取りだけでは気が済まなかったようで、僧侶に一歩詰め寄った。

僧侶のほうは、仲間に対しても西左衛門たちに対したのと変わらぬ口調で言った。

「そう怒るな。万事うまく片がついたではないか」

「御坊は、自分でも口にされていたとおり、殺生はなさるまい。なれば、後ろに控えておってもらわねば困る」

怒りのままに相手を糾弾《きゆうだん》する健作に、桔梗が横合いから口を挟んだ。

「そんなこと言ったって、実際坊さんが出てきてくれなきゃあ、あたしらどうなってたことか。そういう偉そうなことを言いたきゃあ、あたしも含めてもっと強くなるのが先だろうねぇ」

健作は、「なれど」とまだ不満が残る様子だった。

僧侶が後を続ける。

「拙僧は確かに直に手を下したくはない――が、どうしてもそうせねばならぬとなったときは、避けようと思うてはおらぬ」

「そんな、御坊――」

反論しようとした健作を、僧侶はしっかりと見返した。

「なんとなれば、我はそなたらの小頭。耳目衆《じもくしゅう》の一人ではなく、討魔衆《とうましゅう》の小組を率いる者だからの」

言い切られ、黙してしまった健作を残して、僧侶は小僧らの部屋へ踏み入ってきた。大の字に倒れているお六の足元へ片膝を落とし、自分が投げつけた独鈷杵を床から抜き取る。

桔梗も入ってくると、最初に抜き捨てられた一本だけではなく、西左衛門とお六の額からも己の投じた手裏剣を回収した。

桔梗が、まだ元の場所に立ったままの健作を振り返る。

「何、いつまでもボサッと突っ立てるのさ。お前は残してるお道具はないのかい」

問われて、健作は答えた。

「ああ、全部手の中へ戻した」

桔梗は立ち上がると、一足先に二間続きの部屋から出ようと歩き出した。

「じゃあ、こんなとこにいつまでいてもしょうがない。さっさと帰るよ」

健作は桔梗に続き、自分らが斃した夫婦に背を向ける。

屈《かが》んだまま床から引き抜いた独鈷杵を確かめていた僧侶も腰を伸ばしかけ――すっと顔を上げた。

「！」

市松は、声にならぬ叫びを上げた。

僧侶の視線は、間違いなく押入の戸の隙間から覗いている自分へ向けられていた。

――有明行灯の弱い光ひとつじゃあ、こんな押入の戸の細い隙間まで見えないはず。

そう自分に言い聞かせるが、市松にはこちらを見たまま動かぬ僧侶としっかり目が合っているとしか思えなかった。

「どうしたね」

桔梗が僧侶の異状に気づき、足を止めた。それでも僧侶が答えずにいると、身を返してずかずかと踏み込んでくる。

依然屈んだままの僧侶の脇を通り過ぎ、己が匿した二人には目もくれず、桔梗は押入の前に立つや警戒もせずに戸をガラリと開けた。

市松は、押入の中で四つん這いのまま、為《な》す術《すべ》もなく目の前に仁王立《におうだ》ちする女を見返した。

顔は陰になっているが、自分が冷徹に見下ろされているのは判った。

「こんなとこに一人隠れてたかい――ちょいと、出番を早とちりしたかねぇ」

桔梗の声には、感情が籠もっていなかった。

その背中から、ようやく立ち上がった僧侶が問い掛ける。

「何者か、判るか」

「ここの小僧の一人だろう。そういや、主夫婦に殺された者《もん》の数が合わなかったかねえ」

自分らの失敗りを自覚して、舌打ちする言い方だった。

「坊さんは、なんで気がついた？　小僧の気配を察したのかい」

桔梗が、首だけ振り向いて問うた。僧侶が応ずる。

「よくよくこの部屋の中を見てみれば、真ん中の蒲団だけ空だったからの。気配を察したのは、それに気づいて改めて周囲を探ってからであった」

僧侶は、ゆっくりとした口ぶりで答えた。まるで、己のやったことをひとつ一つ思い出しながら、誤りをせぬよう慎重を期しているような話し方だった。

桔梗のほうは、そうした自省とは無縁のようだ。淡々と、これから己がやるべきことを目の前の市松に語り掛けた。

「せっかく生き延びたと思ったろうが、残念だったねえ。できるだけ苦しまないように逝《い》かせてあげるから、観念して大人しくしてな」

また右手に、あの手裏剣を抜き出して握っていた。

「桔梗、その者を手に掛けるは、我らが使命にはないことぞ」

健作が、向こうの部屋に立ったまま警告を発してきた。

桔梗はぞんざいに応える。

「でもね、ここまで見られちまったら、仕方がないだろう。それとも、このまんまおっ放り出していくっていうのかい」

健作は、返答できずに口を閉ざす。

「坊さんも、いいね――ああ、答えたくないなら、答えなくていいよ。知らないふりさえしてくれりゃあ、あたしがやっちまうから」

そう言った桔梗は、ずっと市松から目を離さなかった。そして、己が見ている当人に優しく語る。

「救《たす》けてやれなくて、すまないね。でも、お前さんの仲間だってそうだったんだから、諦めておくれな――もし恨まずにはいられないなら、最期に目にするこのあたしを、あたしだけを思いっきり恨みな」

そう言うと、手にした得物を頭の脇に振り上げた。

市松は、黒い影の塊にしか見えない桔梗を、ただじっと見返していた。桔梗が口にしたことは一つ残らず理解できたが、誰も恨もうとは思わなかった。

ただ、言葉とともに桔梗のほうから吹きつけてきた寂《さみ》しさと悲しみに、心を囚われていただけだった。

四

瀬戸物を商う身延屋がある宮益町は、元々渋谷村《しぶやむら》の一部だった。この物語の時代には、代官所と町奉行所の「両支配」（共同管理）の扱いとなっている。

一般の民政は勘定奉行配下の代官所が管掌《かんしょう》するが、重大事案、たとえば人殺しや火附けなどが発生した場合の探索は町奉行所に委ねられた。

この日、いつもは夜明けとともに動き出すはずの身延屋の面々がいつまでも起きてこないことを周囲が不審に思い、おっかなびっくり屋内まで上がり込んだ者が死人を見つけたのはまだ朝のうちだった。しかしながら急を告げる使いが千代田《ちよだ》のお城（江戸城）のそばまで行ってお濠《ほり》を半周近く回り込み、どうにか奉行所に飛び込んで、同心連中を押っ取り刀で実際の現場まで駆けつけさせるには、午近い刻限まで掛かった。

報せを受けたのは月番（ひと月交代で新規案件を受けつける、その当番月）である南町奉行所。現場へやってきたのは、この界隈《かいわい》を受け持ちとする定町廻り同心の武貞新八郎《たけさだしんぱちろう》と臨時廻り同心の小磯文吾郎《こいそぶんごろう》、そしてそれぞれの小者だった。

二人の同心を、近隣の者から報せを受けて先に現場へ駆けつけていた土地の岡っ引き、八幡《はちまん》の稲平《いなへい》が迎えた。南町奉行所へ走ったのは、稲平のところの下っ引きである。

続きの部屋に合計六つもの死体が転がっている場に、同心の二人はいた。それぞれが、思い思いに室内を見て回っている。

岡っ引きの稲平は邪魔にならぬように廊下に立って、もともと己の知っている縄張り内の事情や、今日呼ばれてから周囲の見世などに軽く聞き込みを終えた話を、部屋の中の同心たちに告げていた。

「ここは身延屋っていいまして、ご覧になったとおり瀬戸物を商っておりやす。見世の者は、家族が見世の主とその女房の二人だけで子供はなし、奉公人は番頭と手代が一人ずつに丁稚が三人、それと年取った権助も一人雇っておりやした」

手前の、寝床に入ったまま事切れている屍体が二つある部屋の蒲団の脇で、突っ立って周囲を見回していた定町廻りの武貞が、報告する岡っ引きを見返した。

「全部で八人かい――台所に年寄りの遺骸《ホトケ》が一つあったから、ここで死んでるのと合わせりゃあ七人だ。一人足りねえな」

問われた稲平は頷《うなず》く。

「へい。後で親なんぞを呼んでもう一度遺骸の顔を検《あらた》めさせやすが、どうやらひと月ほど前《めえ》に雇った丁稚が一人、姿を消してるようで」

「雇ったのがひと月前だぁ？　そいつの身元は判ってんのかい」

「へえ、百人町の裏長屋に住んでた浪人の子でやす」

「口減らしで、商人のところへ奉公に出されたってかい——まぁ、宛《あて》のねえ仕官の途ぃ捜すよりゃあ、ずっと堅実だろうけどよ」

「いえ。それが、父親《てておや》との二人暮らしだったのが、その父親のほうがポックリ逝っちまいやして。大家や町役人なんぞが話し合って、ここへ押し込んだってこって」

この言葉に、奥で屍体が四つも転がっている部屋へ恐れ気もなく踏み込んで丹念に見て回っていた、臨時廻りの小磯が振り向いた。臨時廻り同心は、長年定町廻りを勤めた経験豊富な同心が就く役目で、定町廻りを補佐するとともにその指導育成にあたることを任とする。

「なら、お前さんもまんざら知らねえわけじゃねえだろう」

稲平はところの親分だ。直接相談を受けたかどうかはともかく、ことの推移は話題の小僧当人が奉公に出たときから把握《はあく》していて当然だった。

「へえ、年が明けると十四になりやすが、大人しそうでもしっかりした餓鬼《がき》でして——まさか、あの野郎が押し込み強盗の引き込み役だったなんてことは……」

稲平が、恐る恐る伺《うかが》いを立ててきた。もし、あの小僧が押し込み強盗の一味に通じていて、深夜仲間を見世に引き入れる魂胆《こんたん》で身延屋に奉公したのなら大ごとである。直接仲立ちをした大家や町役人ならまだしも、ほんの少し口利きをしただけの稲平がお咎めを受けるような懼《おそ》れはほとんどなかったが、それでも世間に知れたら土地の親分としての評判に疵《きず》がつくのは避けられなかった。

稲平に手札を預ける定町廻りの武貞は、稲平の問いに直接答えず反問する。

「お前さんが見たところ、そんな兆《きざ》しは毛ほどもなかったんだろう」

「へい。ここまで酷《ひで》え悪事働くような押し込みと、あんな餓鬼が連《つる》んでるたぁとっても思えませんし、死んだ父親のほうだって、毎日日傭《めえんち》取りの力仕事に出てたような実直そうな浪人者で。あの父子《おやこ》に限って、こんな惨《むご》い悪事に関わってるたぁ、どうにも思えませんので」

己のやったことに過失はないと、そこまで勢い込んで話した稲平は、さらに別な可能性があることも持ち出してきた。

「それから昨日の午過ぎに、この見世の前で物乞いの行き倒れがあったそうで」

武貞の声が甲高《かんだか》くなった。

「物乞いの行き倒れだぁ？」

「へい。夫婦者で、女のほうの具合《ぐえぇ》が悪くなったようでやす。他の見世ならほっ放っとくか、邪魔だからって追っ払ったりするんでしょうけど、ここの見世の主は、物乞いの夫婦二人とも奥へ上げて介抱してやったって、近所の者が言ってまさぁ」

「で、その物乞いの夫婦は、いつ見世から出た」

「見た者がおりやせんので。あるいは陽が落ちて、どこの見世もみんな表戸を閉めた後で外へ出したかもしれやせんが、『身延屋さんのこったから、ひと晩泊めてやったんじゃねえか』ってえのが、近所の連中の言ってるこってす」

「――小磯さん、どう思います」

定町廻りの武貞は、己の先達である小磯のほうを振り返り、考えを問うた。

小磯は後進の問いには答えずに、稲平へ新たな質問をする。

「お前さんの話からすると、どうやらこの見世の主は、周りの連中からはずいぶんと奇特《きどく》な男だと見られてたようだねえ」

「へえ、悪く言う奴ぁおりやせんし、あっしもそのように見ておりやした」

「するとやっぱり、その物乞いの夫婦者ってえのが、引き込みだったんじゃないでしょうか」

勢い込んだ武貞を、小磯はいなした。

「まあ、そう急くもんじゃねえや。結論は、じっくり吟味《ぎんみ》した上で出さねえと失《しく》敗る因《じもと》だぜ──もしお前さんの言うとおりだったとして、一人だけ消えた小僧のこたぁどう考える？　まさか夫婦者の物乞いなり押し込みの一味なりが、行きがけの駄賃で小僧一人、掻《か》っ攫《さら》ってったってわけじゃあ、あるめえ」

「それは……家の者が殺されるのに気づいて、何とかうまく逃れ出たんだけど、渋谷川んとこでついに追いつかれて──ってこたぁありませんね」

武貞は、己の推測が無理筋だということに、話の途中自身で気がついた。なぜ違うかを自ら口にする。

「川で殺されたんなら屍体はそのまま流されたってこともあるでしょうけど、途中の道筋の家じゃあ、自分とこへ救けを求めに来た者がいたって話もなきゃあ、叫び声ひとつ聞いてもいませんからね」

小磯は、穏やかに応じた。

「ああよ。喉を切られながら表まで逃げ出すなんてこたぁまず無理だろうけど、もしそんなことがあったとしたって、どこの見世も戸を激しく叩かれたりしちゃあいねえ。第一《でえいち》、見世の表にも道の上にも、血の跡一つ残っちゃいねえようだしな」

小磯に目を向けられた稲平は、「確かにその通りだ」と大きく頷いた。

「でも、そうすると……」

武貞は困惑する顔になった。

「まず、小僧なり物乞いの夫婦者なりが、押し込みの一味を引き入れたってとこから、ホントにそうなのか、じっくりと調べなきゃならねえようだ」

この小磯の言葉には、武貞ばかりでなく稲平も驚いた顔になった。

「お前さん方、この遺骸さんたちの有り様をひと目見て、まずは変だたぁ思わなかったかい——いなくなった小僧と、台所で首を落とされた権助以外の全員が、なんでこんなとこで死んでる？

押し込みが金の在処《ありか》を聞き出すためにみんなを集めて脅《おど》すんなら、まずは主夫婦の部屋でやるのが常道だろう。金にしろ、金蔵の鍵にしろ、主が身につけてるか主夫婦の部屋にあるかの、いずれかだろうからな。聞き出した後にみんな始末するにせよ、わざわざこっちへ場所を移す意味が判らねえたぁ思わねえかい」

小磯の問い掛けてきたことが、武貞や稲平の脳裏に染み渡っていく。

「しかし、他に何があればこれほどの惨状に？」

後輩の同心に反問された小磯は黙って膝を折ると、己の足元に横たわる内儀らしき女へ手にした十手《じって》を差し伸べる。十手の先で死骸の着物の右袖を持ち上げ、隠れていた右手を顕わにした。

「！」

稲平が息を呑む。

「小磯さん、そいつぁ……」

武貞も、絶句していた。

死んだ女は、右手にしっかりと、血まみれの出刃包丁を握っていた。

「亭主の体の下も見てみな。やっぱり右手に血まみれの包丁を握ってるぜ」

小磯は、淡々と述べた。

「見逃してたか……」

武貞が自分の失敗りを悟って、恥じ入る顔になった。

稲平が大声を上げる。

「ちょっと待っておくんなさい。するってえと小磯の旦那、この見世じゃあ、主夫婦が奉公人を皆殺しにした上で、最後に自分たち同士で差し違えた――つまりゃあ、奉公人まで無理矢理巻き込んだ心中ってこってすかい」

武貞が、稲平の推測を受けて続ける。

「だから、運よく逃げ延びられた小僧は、誰も信じられなくなって救けも呼べずにどっかへ行っちまった？」

小磯はすぐには応えずに十手を左手に持ち替えた。腰帯から右手で手拭を引き抜くと、内儀の腕に被せて持ち上げる。どうやら自分の手に血が付くのを嫌ったようだ。

小磯によって持ち上げられた内儀の腕は、途中から抵抗を示して体ごとずり上がってきた。

「もう、固くなり始めちまってるかい――いくら冬たぁいえ、昨日の夜中に死んだんなら、まぁ当然ってとこか……」

これは定町廻り同心や岡っ引きに聞かせるためではなく、ただの独り言だったようだ。

現代の法医学では、常温下ではほぼ十二時間程度で死後の硬直が全身に及ぶとされる。小磯は、これまでの同心としての経験から、死後硬直の実態についておおよそのところを把握していたのだろう。

小磯は、内儀の腕を自在に動かせないところは自分が平たくなったり身を乗り出したりして補《おぎな》い、丹念に何かを調べていた。

「小磯さん?」

武貞の催促に、小磯はようやく先ほどの問いへの返事をした。

「小僧どもや番頭手代、権助なんかの傷は、確かに包丁でできたとしても不思議はねえ。けどよ、この内儀やそっちの亭主の頭にある傷を見てみねえ――後で医者にも診立《みた》てさせるが、二人が握ってるような大仰《おおぎょう》な出刃包丁じゃあ、こんな小さくて深い穴は開けようがねえぜ。何ぃ使ったか知らねえが、こいつぁもっと細身の刃物でついた傷だぁな。

それからよ、内儀と亭主の倒れてる場所をよぉく見てみな。互いに刺し合ってきりきり舞いして倒れたにしても、ちょいと離れ過ぎちゃいねえかい。なにしろ途中にゃあ、蹴躓《けつまず》くのに事欠かねえような、邪魔な蒲団が中身入りで敷いたままなんだからよ」

武貞と稲平は、小磯の鋭い観察眼に沈黙した。武貞が、おずおずと口を開く。

「細身の刃物……そんな物は、ここにゃあ有りませんでしたよね」

立ち上がった小磯は、「ああ、見当たらねえようだなぁ」とあっさりと認めた。そのまま手拭越しに持っていた内儀の手を離して見世の主のほうへ腰を浮かせかけ——ギクリとして固まる。

腕から手を離して立ち上がった己へ、内儀が目を向けていた。視線はまっすぐ己を見つめている。

——おいらが屈んだときゃあ、天井を見上げてたはずだ……。

腕を持ち上げたりして検分しているうちに、顔がこちらへ向いたのかとも思ったが、内儀は顔を真上に向けたまま、見えない目だけで小磯を見ていた。

小磯はその場に突っ立ったまま、額と左の顳顬《こめかみ》に深く穴を穿《うが》たれた内儀を見返す。

——確かに、死んでる。

じっと見ながら、己を落ち着かせようとした。

「小磯さん?」

再び武貞が声を掛けていたのは、小磯の異様な態度に不審を覚えたからだった。

「いや、何でもねえ」

小磯は、「気のせいだ」と自分に言い聞かせながら、何ごともなかったかのように身延屋の主の屍体に近づくと、さきほどと同じように観察を始めた。ただ、今度は手を伸ばす前に躊躇《ため》らいを覚え、少しの間死人の顔をじっと窺った。

しばらく小磯のやることを見ていた稲平が、また己の推測を口にする。

「するってえと、やっぱり物乞いの夫婦者が？」

皆を殺したのはあの二人か、という問いだ。

再び立ち上がった小磯は、ようやくひと通りの検分を終えたようだった。亭主の観察にかけたときは、女房と比べるとだいぶ短かったように思えた。

またしばらく亭主の屍体を見下ろしてから、ようやく当惑している岡っ引きを振り返る。

「だったら、全体の絵図はどう描ける？」

稲平は返事をする前に、頭の中でまとめようとした。

――身延屋の主と内儀が、奉公人みんなを殺したとこで、行き倒れになりかけてるのを救けて泊めてやった物乞いに殺された？　じゃあ、そんな大それたことをしようって日に、なんで身延屋の夫婦は縁も所縁《ゆかり》もねえ邪魔者をわざわざ家に泊めたんだ。そして、いなくなった小僧はどこへ……。

考えれば考えるほどに、筋が通らなくなっていく。

顔つきを見る限り、一緒になって考え始めた武貞も、事情は同様だと思われた。

二人を見較べた小磯は、己の結論を口にする。

「こんな素っ頓狂《すっとんきょう》な殺しのときゃあ、いくら首ぃ捻ってたって埒なんぞ明《あ》くもんじゃねえ。袋小路に迷い込んじまって、とんでもねえヘマやらかすだけだぁな。

稲平、お前の二本の足は何のためにある。何がどうなってんのかさっぱり判らねえなら、足で稼いで材料《ネタ》ぁ拾い集めてきねえ」

臨時廻り同心の鼓舞《こぶ》を受けた岡っ引きは、たちまちしゃっきりした。

「へい——物乞いにゃあそれぞれ縄張りがありやすから、昨日泊まったのがどこのどいつだかは、親方や仲間連中に訊きゃあはっきりするはずで」

「それと、いなくなった小僧だ。もちろん手配りはしっかりやってもらうが、もし当人が逃げ出して途方に暮れてるってんなら、行ける当てなんぞ高が知れてんだろ」

「へい、まずは父親と暮らしてた長屋ですね。そっちにも気を配りながら、この辺りでぼうっと歩いてる小僧を見掛けた者はいねえか、さっそく子分どもに訊き回らせまさぁ」

稲平は同心二人に頭を下げると、狩り場で獲物を見つけた猟犬のように奮《ふる》い立って、さっそくすっ飛んでいった。

「まぁ、御用聞きの腰が軽いのはいいこった」

稲平が出ていった廊下のほうを見ながら、小磯は独りごちた。

すでに老齢に達し、ひ弱に見えなくもない先達の同心へ、武貞は頼もしげな視線を送っていた。

五

身延屋の凄惨《せいさん》な一件は、稲平らが懸命に探り続けたにもかかわらず、暗礁《あんしょう》に乗り上げてしまった。

まず、凶行のあった日の午過ぎに見世の中へ運び込まれたという物乞いの女や、その連れ合いの男が見つからなかった。単に姿をくらませたというばかりでなく、どこの誰かすら摑めなかったのだ。

江戸の町に住み暮らす物乞いの多くは、浅草溜《あさくさため》の車善七《くるまぜんしち》の配下である下谷山崎町《したやまざきちょう》の仁太夫《にだゆう》の支配を受ける形になっており、直接的には各地の親方（小頭）によって統制されていた。しかし時代が下り、各地から江戸に流れ込んでくる食い詰め者が増えるに伴い、旧来の組織に組み込まれることなく、勝手に商売を始める輩《やから》が頻出《ひんしゅつ》するような状況も生じていた。

従来の連中にすれば御法度《ごはっと》破りの商売敵《がたき》が出てきたわけだから、こうした統制外の物乞いたちとは当然、反目し合うことになる。対抗上、統制外の物乞いたちも、徒党を組むようになるのが自然な成り行きだった。

つまりは、小磯にせよ稲平にせよ、その両方を当たりさえすれば、いずれかから目当ての二人を簡単に割り出せると踏んでいたのだ。

しかしながら、思惑は大はずれだった。どうやら当の夫婦者は、完全にもぐりで他人の縄張りに入り込んでいたらしかった。

そして、見世の主従皆が死んでいる中で、ただ一人忽然《こつぜん》と姿を消した小僧の市松である。稲平は己の下っ引き全てに身延屋周辺を当たらせたばかりでなく、近隣の同業者にも礼を尽くして手配りを頼んだのだが、それらしい小僧を見掛けたという有力な手掛かりは、やはり一つも得ることができなかった。

小僧が奉公する前に父親と住み暮らしていた長屋にも人を貼り付かせたのだが、こちらにも現れた様子はない。父親が引っ越してくる前、まだ当人が赤子だったころの住まいにまで手を伸ばし、その他少しでも「来るかも」と思われるところは全て潰したつもりだったが、それでも足跡ひとつ見つけ出せずにいた。

「どうにも手詰まりですね」

身延屋がある宮益町の蕎麦屋《そばや》に、定町廻りの武貞、臨時廻りの小磯、そしてところの岡っ引きである稲平が面を付き合わせている。もう午どきは過ぎたということで、三人して二階の小座敷へ上がり、主には「見世の者を含め誰も上がってくるな」と命じてあった。

定町廻りの武貞は三、四日に一度ほどは見回りで宮益町まで足を延ばすし、稲平が奉行所や同心屋敷がある八丁堀《はっちょうぼり》まで出向くこともあったので現状報告はたびたび行われてきたが、三人がこの地で顔をそろえるのは久しぶりのことだ。

冒頭の科白《せりふ》は、武貞が吐き出したものだった。

「まさか、いくら何でもここまで綺麗さっぱり足取りを消すたぁな」

老練な小磯も、さすがに次の手に窮《きゅう》しているようだ。

めぼしい話ひとつ拾ってこられない稲平は、隅で小さくなっている。

その稲平へ、武貞は不満げな目を向けた。

「おい、お前。ホントに懸命にやってんのかい」

稲平にしてみれば、八つ当たりでしかない。しかし、手札を下さってる旦那に逆らえない岡っ引きは、「ええ、そりゃあもう」と力んでみせるしかなかった。

フン、と鼻を鳴らした武貞へ、稲平は自分がいかに頑張っているかを懸命に売り込む。

「あっしの手下も毎日足を棒にしながら血眼《ちまなこ》んなって聞き込みやってますけど、なにしろ『これは』ってえ話に行き当たらねえんじゃあ、どうしようもありやせん」

「そうかい。で、下っ引きどもは駆けずり回らして、音頭取りのお前は一体《いってえ》何やってんでえ」

しつこく絡まれて、稲平も鼻白《はなじろ》んだ。

「あっしゃあ――いろいろ手ぇ尽くしても何も出てこねえんで、他に手掛かりになりそうな物《もな》ぁねえかと、あっしなりにあちこち探ってますんで」

「ほう、おいらに断りもなく、別口に手ぇつけてたってかい」

そういう言い方をされたのでは立つ瀬がない。ムッと押し黙ったところへ、苦笑いを浮かべた小磯が割って入ってくれた。

「まあまあ、武貞が毎日見回りでこの一件だけにときを割けぬように、稲平だって土地の親分ともなりゃあ、いろいろあらぁな」

定町廻りは、南北の奉行所に各六人。南と北で地域を分けるなどということはしないため、それぞれたった六人で、八百八町といわれた――この時代だと実際には千を超えていた――江戸の町全てを網羅《もうら》するように巡廻していた。

お城に近い繁華な町は毎日のように巡っても、江戸もはずれの宮益町のようなところは順繰りで数日に一度ずつとなる。それでも、「一日分の町廻りを終えるともう陽暮れどきだ」という日々を送っていた。

いくら身延屋の一件が重大事だとはいえ、この一件だけに集中するわけにはいかないのは小磯の言うとおりだった。

先達に窘《たしな》められて口を閉ざした武貞を横目で見ながら、小磯は稲平に水を向けた。

「で、お前さんの新たな調べで、何か出てきたかい」

へえ、と頷いた稲平は、「あんまし役に立つこたぁ出てきてねえかもしれやせんが」とひとこと言い訳をしてから話し出した。

「身延屋の身代なんですがね、あんまりうまくはいってなかったんじゃねえかと思える節《ふし》が出てきてやして」

なんだ、そんな関係のない話か、という顔になった武貞とは逆に、小磯は稲平に鋭い目を向けた。

「身延屋じゃあ、番頭に暖簾分けする話が出てたんじゃやねえのか」

「へえ、そこがちょいと妙なとこでして」

商家に勤める奉公人の給金は安い。その代わり、きちんと勤め上げて見世を退くときには、現代の勤め人でいえば退職金に相当するような金が、相応の額支払われた。番頭に暖簾分けさせるとなると、この慰労金相当額に主がさらに金を上積みして、新たな見世を持たせるようなことも間々あった。

「じゃあ、偽情報《ガセ》なんだろう」

吐き捨てる武貞には、稲平も思わずムッとした。

「まだきちんと確かめるとこまではいってやせんが、身延屋の沽券《こけん》（不動産登記証兼売買契約書的な書面）はもう人手に渡ってるって話がありやす」

「そんな話がどっから」

信じようとしない武貞に、稲平の勢いも弱まる。

「裏の筋でやす。まだ表にゃあ、出てきてねえようで」

「当然だな。そんな噂が広まるようじゃあ、とっても暖簾分けどころの騒ぎじゃねえだろうからな」

二人のやり取りをじっと聞いていた小磯が、ぽつりと言って、さらに続ける。

「身延屋にゃあ、金が盗《と》られた様子はなかったな」

「へえ。見世からは四百両ほども出てきましたんで。いくら暖簾分け前っていっても、商売の大きさからすると、ちょいと分不相応って気もしやしたね」

稲平が応じた。

武貞は、「だから出鱈目《でたらめ》な与太話《よたばなし》だったんだろうさ」とあっさりと断じる。

「で、その金があったなぁ金蔵じゃなくって、主夫婦の寝間の手文庫の中だった」

小磯の呟きに、稲平が「へい」と応ずる。身延屋の母屋《おもや》には、小さく簡易なものだったが、内蔵が造り込まれていた。

「それから、商い物を仕舞っとく外蔵の中を覗いた近所の者が、驚いてたな」

「そんなことがあったんですか？」

小磯が殺しの現場に踏み込んだ日のことを思い出しながら口にした言葉に、当時は気づかなかった武貞が反応した。

稲平が代わりに説明する。

「へい。身延屋ほどの商いをしてる見世にしちゃあ、ずいぶんと蔵に空きがあって、蓄《たくわ》えてる品も安い物ばっかりだって。そう言ってたなぁ同業者じゃありませんけど、近所で骨董《こっとう》を扱ってる商人でやすから、まずは間違いのねえとこでしょう」

勝手に敷地の奥まで入り込んで、稲平に怒鳴りつけられていた男だった。

「安物かどうかはともかく、蔵の商品が少なかったなあ、暖簾分けで番頭にやらせる見世のほうへ持ってったところだったからじゃねえのか」

武貞の推測に、稲平は首を振った。

「暖簾分けで新たに出す見世はもう決まってて、先方ともあらかた話はついてたみてえですけど、手付けはこれから打とうってとこだったようで。どんだけ図々《ずうずう》しくったって、まだ手前のものになってもいねえ見世ん中に、商いの品を積み上げてたりはできねえはずでさぁ。

それに、売り主のほうへ話ぃ聞きにいったときも、『また新たな買い手を捜さなきゃならねえ』って嘆《なげ》いてましたけど、『もう物を持ち込まれちまってる』なんて話は出ませんでしたからねえ」

こんな騒ぎになった以上、もし売買未了の建物へ勝手に運び込まれた品があったならば、黙っていただけで奉行所からお咎めを受けかねない。御用聞きがわざわざ訪ねてきたときに、後難を懼れて間違いなく話題にされたはずだった。

たとえそのときはうっかり忘れていたとしても、そのままにはしておかない。直接奉行所へ届け出たか、相談のため自分から御用聞きのところへ足を向けたか、あるいは定町廻りが巡廻してくるのを番屋に言付けて待ち受けたか、そのいずれかはしたはずだ。

「どっか、新しい見世の近くに蔵ぁ借りて、そこへ運び込んでるってこたぁ」

「ご不審なら調べてみますけど、なんでわざわざ余分な金掛けて、商人がそんなことを？　先走って買い求めすぎたってんならともかく、身延屋の蔵は空いてるんですぜ」

この反論には、武貞も納得せざるを得ない。それでも、残る疑念が口から出た。

「でもよ、見世の蔵がそんなになってて、番頭も手代も全く不審にゃあ思ってなかったのかい」

この問いに稲平は、縄張り内の見世の内情について、己の知っていたことへ想像も交えて返答とした。

「その辺りのこたぁ特に何の話も出てきちゃあおりませんけど、身延屋の西左衛門は宮益町なんて江戸のはずれに住まいながら、己一代で見世ぇ興《おこ》してあそこまでにした人物でして。見世を大きくするにゃあ、周りから見たらずいぶんと突拍子《とっぴょうし》もねえこともしてまさぁ。

たとえば、西左衛門が仲卸にまで商売の手ぇ広げると言い出したときには、番頭は大分《でえぶ》先行きを案じたって噂ですが、結果はご存じのとおりで。そっから後はもう、番頭の長三は、己の独りよがりかもしれねえ意見なんぞ口にせずに、旦那の采配《さいはい》へすっかり身を任せてたようなとこがありましたねぇ——加えてこのごろは己に暖簾分けの話が持ち上がってたとなりゃあ、ずいぶんと浮かれてたでしょうし、余計な疑いなんぞ、持つ気にゃあならなかったんじゃねえですかねえ。

手代にしたって事情は似たようなモンだったと、あっしには思えますよ——ともかく、主夫婦の評判が滅法《めっぽう》いい上に、見世の中が揉《も》めてたって話も何ひとつ聞こえてきちゃいませんからね」

「そんな見世が、実際にゃあ左前《ひだりまえ》だったって？」

重ねられた問いに、今度の稲平は「その辺りは何とも……」と言葉を濁す。

何かを考え込んでいた小磯が、ぽつりと言った。

「主の手文庫にゃあ四百両もあったんだろう。なら、ホントに左前になってたたぁ思えねえ」

いったいどういうことだろうという顔の二人には構わず、続けて問いを発した。

「身延屋が、暖簾分けしてやるために要ると称して、どっかから金を借りてるようなことはねえかな」

武貞が、突拍子もないことだと驚く。

「でも、見世にゃあ四百両もあったんですよ――たとえ金を借りてあれだけの金高になってたとしても、身延屋程度の見世じゃあ、百も借りれりゃ御の字でしょう。

するってえと、借りる前でも三百両はあったってことになる。どれだけ立派な見世を番頭に出してやるとしたって、そんだけありゃあ新たに借りる要なんぞねえでしょうが」

道理が通っていることを口にした武貞を、小磯はちらりと見た。

「ただ借りるとすりゃあ、百でも無理かもしれねえ――でもよ、身延屋は沽券を手放してるかもしれねえんだろう」

武貞は、あっと思った。確かにそれなら、二百ぐらいはいけるかもしれない。

――でも、番頭へ暖簾分けしてやるだけで、なんでそんなことまでしなきゃならねえってんだ。しかも、合わせて四百両なんて大金作る必要なんざ、どこにもねえじゃねえか。

小磯の考えがどうにも読めずに困惑する武貞を尻目に、稲平は思いついたことがあるような顔をしていた。

「親分は、何か心当たりがあるようだねえ」

小磯が水を向けてきたのへ、稲平は持ち上げられたことも気づかずに勢い込んで話した。

「へえ。あっしらが報せを受けて身延屋へ踏み込んだ日の晩、旦那方はもうお帰りになった後のことですけど、ここいら縄張りにしてる地廻り連中が何人か彷徨《うろつ》いてまして。そんときゃあ、騒ぎが起こったから野次馬根性で見物にきただけかと思ったんですけど、子分どもによると、その後もときおり様子を見にくるような素振りがあったようでやす。真っ当な商いやってた見世で、しかも大変《てぇへん》な不幸があってもう商売は続けられねえとこへ、いってえ連中は何の用があるんだろうと不審に思ってやしたが、そういや連中んとこの親玉は、このごろずいぶんと高利貸しの手ぇ広げてるって噂が、あっしの耳にも入ってきてまさぁ」

「ふーん、すると身延屋は、そいつらから大金借りてたのかもしれねえなぁ」

地廻りどもは、貸し倒れになったかどうかを確かめるため様子を窺いにきていた可能性がある、ということだ。

稲平は身を乗り出す。

「小磯の旦那。するってえと、どうなりやす」

しばらく黙り込んだ小磯は、ぽつりと漏らした。

「どうやら俺たちゃあ、少々見当違いをやらかしてたのかもしれねえなぁ」

六

「小磯さん、そりゃあどういう意味で」

聞き捨てならぬ言葉に、武貞が食いついてきた。

返事にまたしばらく間が空いたのは、判ってもらうにはどう話したらいいかの、筋道を考えていたからかもしれない。

「いいか、身延屋は、左前になってたかどうかはともかく、在庫を絞って――あるいは、奉公人に知られねえようにそっと蔵から持ち出して売り払うようなまねまでして金を手許に残し、相手が貸し倒れを気にするほど大枚の金を高利貸しから借りて、おまけに沽券まで売っ払っちまうか借金の形《かた》にして、都合四百両もの金をこさえてた。

しかもその大事《でえじ》な金は、安心な金蔵に納めとかずに、己の部屋の手文庫なんて不用心なとこへ置いたまんまだ――まるで、すぐに持ち出そうとしてたみてえだとは思わねえか」

「持ち出すって、どこへですかい」

稲平の疑問には答えずに、小磯は話を進めた。

「死骸《しげえ》で見つかった身延屋の夫婦は、両方とも手に血まみれの出刃包丁を握ったままだった――それからこいつは稲平の知らねえ話かもしれねえけど、医者がじっくり遺骸《ホトケ》ぇ診て回ったときに見っけた、染松って小僧の傷から出てきた刃物の欠片《かけら》が、どうやら西左衛門の手にしてた出刃の欠けと、合致してそうだとよ」

稲平が、「じゃあ、やっぱり奉公人は主夫婦が！」と声を上ずらせる。

武貞が、考え深げに疑義を呈した。

「でもそうすると、そんな大それたことをやろうとした日に、なんでわざわざ物乞いの夫婦者なんぞを家に入れて泊まらせたのかって謎に戻りますよね」

小磯は、稲平に問いを振った。

「その物乞いの夫婦者だがよ、どんな背格好だったかは、聞き込みでだいたい判ってんだろう」

「どんな背格好って……特段、相撲《すもう》取りみてえだったとか子供みてえだったとか言ってきた野郎はいませんでしたから、ごく当たり前の体つきだったんじゃねえでしょうか」

「つまりゃあ、身延屋の夫婦と同じぐれえだったってことよな」

へえ、と頷く稲平の横で、武貞は何か気がついたようだった。

「身代わり？」

何のことだという顔の稲平に説明する。

「いいか、奉公人とともに物乞いの夫婦も殺して、物乞いのほうには己らの衣装を着せ、見世に火を放って逃げたらどうなる。焼け跡から出てきた夫婦者らしき遺骸は、身延屋の西左衛門とお六だと断じられようが。

どこへ逃げようが、己らにゃあ手配はかかっちゃいねえ——殺した物乞いの夫婦者に罪をなすりつけて、自分たちは金を持ってまんまと消え失せられる……。

するってえと、番頭に暖簾分けさせる話が持ち上がってたってえのも、よそから金を掻き集める口実にするためだったってことになりそうですね」

ようやく、稲平も腑に落ちたようだった。が、武貞のほうはまだ十分得心してはいない。

「でもそうすると、身延屋の西左衛門とお六は、物乞いの夫婦者に襲い掛かって殺し損なったばかりか、返り討ちにまで遭《あ》っちまったってことになりますよね」

「そこが、少々見当違いしてたってとこさね」

「どこが見当違《ちげ》えなんで？　旦那が見立てた、身延屋の主夫婦の傷が奉公人どもとは違うってことも、あんな惨いまねまでしておきながらなんで四百両もの金が丸々残されてたかって謎も、いっぺんに解けちまうじゃねえですか」

思わず口を挟んだ稲平へ、武貞が指摘した。

「だがよ、そうすると物乞いの夫婦は、どんだけ腕が立つってことになる？　そんな連中の片割れが、ちょうど殺しがありそうな見世の前で、偶々《たまたま》差し込み（腹痛）に襲われたってかい」

どれだけありそうもないことか稲平が考えているのを横目に、小磯が続きを口にする。

「西左衛門とお六の頭の傷は、どんな得物でつけられたんだと思う――医者の診立てによると、身幅が一寸（約三センチ）もねえほどの細身で、先が鋭く尖《とが》った片刃の刃物だそうだ」

「片刃の、細くて小さな刃物――小柄《こづか》（武家の使う、現代でいえば万能ナイフのような道具。刀の鞘《さや》に添えて携帯した）みてえなもんでしょうか」

稲平の想定を、小磯は修正する。

「おんなしような形してたとしても、小柄っていうよりゃあ手裏剣と呼ぶべきだろうな――なにしろ、そんな細身の刃物を手に持って、額の真ん中を骨ぇ砕くほど強く突き刺したりしたら大概《てえげえ》は折れちまうはずだけど、刃《やいば》の先っぽなんぞ傷の中にも見つけらんなかったっていうしな。

それによ、もし手に持って突き立てたなら、頭の骨に突き通るほど強く刺したところからして逆手《さかて》に握って振り下ろしたんだろうが、そしたら己のほうへ引きつけたような傷が残ったはずだ。でもよ、二人の頭の傷は三つとも、奥のほうへほぼ真っ直ぐ向かってるように見えたそうだ――するってえとやっぱり、小さな刃物を強く擲《な》げ撃《う》って当てたんだろうよ」

手裏剣術は、剣術や柔術などと並び、武家一般の表芸を列挙したいわゆる『武芸十八般』に含まれている。実際に嗜《たしな》みのある侍は少なくとも、手裏剣は決して忍者専用の武器というわけではなかった。

ちなみに、小柄は本来投げる目的で作られた道具ではないため、出来合いの小柄を手裏剣のように扱うことは、現実には難しかった。形だけは似ていても実際は専用に作らせるか、あるいは少なくとも投擲《とうてき》に適している物を慎重に選び出した上でないと、命の懸かった実戦ではとうてい使い物にならない。

身延屋の夫婦の身に、昨晩何がどう起こったかを頭の中で想像している二人へ、小磯は己の考えを告げた。

「やった者の腕が立つってところも、まず間違いねえだろう。二人の傷自体がそう語ってるし、柱や襖、壁なんぞに当たったような跡が全く残ってねえところからすると、いずれも百発百中だったようだ」

実際には畳や掻巻の上に不審な跡が残ってはいたのだが、これは夫婦の傷よりも身幅の大きい刃物と断じられたから、小磯はこの場ではあえて触れなかった。

さらに、話を続ける。

「それから女房――お六のほうにゃあ、額の正面と顳顬の、二箇所におんなしような傷があったよな。医者が言うにゃあ、どっちも致命傷んなっておかしかねえほどの深手《ふかで》だそうだ。もしすぐに死ななかったとしても、一発受けりゃあそれだけで昏倒《こんとう》しちまっただろうってこった」

「そいつぁつまり――」

「ああ。正面と左の側方との、二方向から同時に撃ち込まれたんだろうって、その医者は言ってたぜ。

顳顬に撃ち込んで倒れた後で天井向いてる額へ――ってことも考えられないこたぁねえが、倒れて伸びてる者に対して真下へ真っ直ぐ撃ち込むなぁ、間合いが近え分、却って相当に難しい。第一、もうぶっ倒れた相手にそんなことぉする意味もねえしな」

小磯の話を黙って聞いていた武貞が、おもむろに口を開いた。

「じゃあ、先ほどの、物乞いに身を窶《やつ》した腕の立つ二人が、奉公人を皆殺しにしようとしていた身延屋の見世のちょうど前で、不意に差し込みに襲われたっていうのは」

「絶対たぁ言わねえけど、そんな出来すぎた話ゃあ、おいらにゃあとってても信じられねえ。むしろ身延屋の主夫婦は、己らの身代わりにするのに絶好の獲物を捕まえたつもりでいたところが、実際にゃあ己らを潰すつもりのどこかの誰かを、相手の思惑どおりに引き入れちまった——そっちのほうが、よっぽどありそうに思えちまうぜ」

「見当違いをやらかしてたってのも」

「物乞いの夫婦者が、最初っから身延屋に入り込むつもりだったなら、その二人ゃあホントの物乞いじゃあなかったのかもしれねえってこった」

「ふりしてただけなら、物乞いの親方や同業連中を当たったって、身元が知れるはずがねえってこってすかい」

稲平の問いに小磯は無言だったが、その態度が肯定を表していた。

「……でも、こんなことを小磯さんに言うなぁ気が引けますが——」

武貞が言い出そうとしたことを、小磯は自分で引き取った。

「ああ、判ってるよ。おいらが今口にした考えは穴だらけだってな——まず、消えた小僧の説明がついてねえ。あの小僧が、身延屋の主夫婦を始末しにきた何者かの仲間だったなんてこたぁ、押し込み強盗の引き込み役だって話よりも、ありそうにねえしな。

それより何より、じゃあ一体誰が、身延屋の夫婦の悪巧《わるだく》みに気づいた上で始末したかとなると、そんなことをしそうな野郎の見当もつかねえ。さらには、うまくいくかどうかも判らねえ、あんな面倒な手間ぁわざわざ掛けて始末しなきゃならなかった理由となると、もっとワケが判らねえ。

ついでにもひとつ言やあ、身延屋の夫婦が奉公人を皆殺しにし、己らの身代わりの遺骸を残して逃げようとしてたんだったら、なんで手前のところの奉公人みんなを、あそこまで惨い殺し方しなきゃならなかったのか、そいつがいくら考えてもどうにも説明がつかねえ。

とてもじゃねえが、今お前さん方にご披露したおいらの考えは、御番所《ごばんしょ》（町奉行所）で胸ぇ張って口にできるような代物《しろもん》じゃねえってこった──そんなことしてみろい、たちまちおいらぁ隠居を命ぜられて、八丁堀組屋敷の縁側《えんがわ》で毎日日向《ひなた》ぼっこだぁな」

しばらくの沈黙の後、武貞が、また問いを発する。

「じゃあ、なんでおいらたちにそんな話を？」

小磯は、決心をつけたように背筋を伸ばした。

「こたびの一件は、死人の数でも殺され方でも、世間の耳目を集めてる。無論、御番所としてもそのままにしちゃあおけねえだろう。ところがこのままいくと、真相にも下手人《げしゅにん》にも、どうにも辿り着けそうにねえ——御番所は、いってえどうすると思う?」

二人から返事が戻ってこないのは、初めから判っていたことだ。小磯が自問自答で結論を出す。

「無理に、落着したことにしちまうのさ——身延屋の一件は、主夫婦が奉公人を皆殺しにした後、自分らで差し違えたのが、あそこで起こったことの全てだってな」

「でもそれじゃあ——」

異論を述べようとする稲平に、小磯は言葉を被せる。

「ああよ。確かにそれじゃあ、辻褄《つじつま》の合わねえとこが、いくつも残る。けどよ、そんな細けえことまで知ってるなぁ、御番所の中でもほんの一握りだけだ。おいらたちを入れても、な。

御番所は、都合の悪いとこにゃあ、目ぇ瞑《つぶ》っちまうのさ。そしたら一件落着、天下に憂《うれ》いはひとつもなし、ってことにできるからよ」

武貞と稲平は、何とも言えぬ顔で目を見合わせた。小磯は淡々と続ける。

「まぁ、政《まつりごと》なんて、おおかたそんなもんだ——けどよ、政がそんなもんだから、関わったおいらたちもすっかり一件落着のつもりになっちまっていいのかとなると、どんなもんだろうな。

この歳になって年寄りの冷や水だって嗤《わら》われるかもしれねえけど、そんなんで済ませちゃ、おいらぁ尻の据わりが悪いや。御番所じゃあ解決したことになっちまうかもしれねえが、幸いおいらは、手前で調べることができるお役目を、まだ後しばらくは続けられそうだしな」

自分よりは年の若い二人の顔を見較べ、穏やかに話を締めた。

「お前さん方に、どうしてほしいなんてこたぁ言わねえよ。ただ、おいらはそうするつもりだってことを、年寄りの我儘《わがまま》で、誰かに聞いておいてほしかったんだと思ってくれりゃあそれでいいのさ」

話を終えても、武貞と稲平の二人は無言のままだった。それぞれに、考えるところがあるらしい。

小磯は、自分が二人へ滔々《とうとう》と語った憶測を、もう一度心の中で繰り返していた。

——なんで手前のところの奉公人みんなを、あそこまで惨い殺し方しなきゃならなかったのか、そいつがいくら考えてもどうにも判らねえ。

確かに、道理は通らない。が、道理ではない何かが、小磯に訴えかけてくるような気がしていた。

「お六のほうは、正面と左の側方との、二方向から同時に撃ち込まれたんだろう」

これも理屈の上からすると、他の状況はあり得なさそうだ。が、本当にそうなのか。

小磯は、急報を受けて武貞らとともに身延屋へ駆けつけた日のことを思い返していた。あの日、四人が死んでいた部屋の中で、見えぬ目で虚空を睨んでいたはずのお六の死骸は、手を触れた小磯へ視線を移した。

——そんなこと、あるはずがねえ。あるはずはねえが、もしあったなら……。

身延屋の夫婦の死骸を丹念に検めた小磯は、もう一つ奇妙なことに気がついていた。包丁を握った手に、二人とも傷がひとつも見当たらなかったのだ。

二人掛かりとはいえ五人もの奉公人についてあれだけ惨い殺し方をすれば、大量の返り血を浴びる。事実、二人の手も包丁も、経験豊富な小磯ですら「これほどまでに」と息を呑むほどの血にまみれていた。

血に濡れれば、手にした包丁は滑る。それでもあれほど深く突き刺し続ければ、己の握っている包丁で自分の手を傷つけてしまうのが当たり前のはずだった。

――が、真っ赤に染まってはいるものの、二人の手にゃあ掠《かす》り傷《きず》のひとつもついちゃあいなかった。

当初小磯が、「奉公人たちは主夫婦に殺されたのではないか」という己の推測に、疑義を覚えた理由である。しかし、身延屋西左衛門の包丁の欠片が、染松の傷口から見つかっている。右の袖口をはじめとする身延屋夫妻の着物がたっぷり血を吸い込んでいたその様子からも、誰かが刺した後で二人に包丁を持たせたとは考えづらかった。

やはり、夫婦が奉公人殺しの下手人だという見込みは、正しいものと思われる。

――でもよ、ただの人に、手前の手をいっさい傷つけることなくあんだけの殺生がなし遂げられるもんなのか。

ただの人では、とても無理だとしか思えない。それでは、いったい……。

老練の臨時廻り同心は、酒を注《つ》いだまま置きっ放しにしていた坏《さかずき》を取り上げ、迷いを断ち切るように一気に空けた。

すでに冷え切っていた燗酒《かんざけ》は、同席する二人には気づかれぬよう密かに背筋を震わせている小磯を、わずかも暖めてくれることなく胃の腑へ落ちていった。

第三章　浅草田圃《あさくさたんぼ》

一

身延屋の主従の中でただ一人生き残った市松は、どこか物置のような小屋に入れられていた。とはいえ、縛られているわけでもなければ、錠や閂《かんぬき》が掛けられたところへ閉じ込められているわけでもない。

ときに食い物を持って出入りするあの桔梗とかいう若い女の人は、小屋への出入りの際に戸の前で長く立ち止まっている素振りもなかったから、そう考えたのだ。にもかかわらず、市松には逃げ出そうという気が全く起きずにいた。

己が今どこにいるのか皆目《かいもく》見当がついていなかったものの、表が明るい刻限には、外から大勢の人々が行き交うざわめきのようなものが聞こえてくる。小屋からは少し離れていそうではあるが、大声で叫ぶつもりにさえなれば救いの手はすぐにでも差し伸べられように、市松は小屋の中から外へ顔を出して周囲を窺うことさえしなかった。

——救けてやれなくて、すまないね。でも、お前さんの仲間だってそうだったんだから、諦めておくれな。

そう言って桔梗が手にした得物を振り上げたとき、市松は己の命は終わるものだと覚悟した。小僧仲間が殺された後、市松の隠れていた押入の戸へ西左衛門が手を掛けたときに続いての、ごくわずかな間で二度目の覚悟だった。

しかし、桔梗が下そうとした手を、闘《たたか》いの場に一人遅れて姿を現した僧侶が「待て」と止めた。

僧侶は、桔梗を押し退《の》けるようにして押入の前に立つと、見上げる市松の顔にじっと見入った。

ほとんど灯りの届かぬ闇の中だったが、市松にはその僧侶が思っていたよりもずっと若いことが知れた。

「何してるんだい。どうせやるしかないんだったら、早くさせておくれな」

無理に場を譲らされた桔梗は、苛立《いらだ》たしげに僧侶へ求めた。吐き出された言葉に含まれた棘《とげ》は、邪魔立てされたことへ単に憤ったというよりも、務めを果たさんと無理にも高めた気力を、理不尽《りふじん》に殺《そ》がれたことへの怒りのように、市松には聞こえた。

僧侶は桔梗の抗議には耳を貸さず、じっと市松を見下ろしていた。

と、衣に包まれた右腕が振り上げられ、広げた掌が視界を覆うように迫ってきた。

――これで、終わりだ。

市松はそのとき、はっきりと思った。なぜか、恐怖や不安はあまり感じなかった。

父を喪ったとき、市松にはこれから己が生きていく術《すべ》を想像することもできず、ただ途方に暮れた。

世話好きな大家や町役人のお蔭もあり、身延屋に拾われてどうにかこれからも命をつなげていくことはできそうだと思えるようになった矢先、自分の親代わりだとまで心の中で頼り始めた身延屋の夫婦が、実は己ら奉公人のことなど虫けらほどにも思っていない人でなしだということを、一番惨い形で目《ま》の当たりにさせられた。

市松の心は、本当に己の身に起こったとはにわかに信じられない場へ立て続けに居合わせてしまったため、ひとたび死んだようになったのかもしれない。ただ、僧侶の掌が作る真っ黒な闇に覆われて、そのままわけが判らなくなった。

次に気がついたときにいたのが、この小屋の中だった。壁板の上の方にいくつもある小さな破れ目から陽の光が入ってきていたから、どうやら昼間のようだ。

「目が醒めたかい」

視線をやった先にいる若い女が桔梗だということは、声で判った。

身延屋の夫婦と闘っていた黒い人影は、それでもずいぶんと大人びて見えたが、実際の姿を目にすると、どうやらまだ二十歳《はたち》にも達していないような娘らしかった。細身の体、切れ長の目に横一文字の唇《くちびる》――身延屋で見せた姿そのままの、勝ち気さを思わせる風貌《ふうぼう》をしている。

「あんた、名前は」

「市松、です」

「それ、見世で付けられた名だろう」

問われて、市松は頷いた。

当時商家では、奉公人を新たに雇った際、見世で使うための名を本名とは別に与えることが、ごく当たり前に行われていた。これから丁稚奉公を始める十歳《とお》を過ぎたばかりの子供に対し、「今日からは『親元で甘える坊や』ではなく、『自覚と責任感を持って労働する一個の奉公人』になったのだ」ということを、しっかり認識させるための儀式のひとつであったと言えるかもしれない。

また、より即物的な理由としては、先に勤めている奉公人と同じ名前の者や、聞き違えしそうなほど似た名前の者が後から入ってきた場合のややこしさを考えて、あらかじめ全員に新たな名を付与することにしたという事情もあろう。これならば、奉公先に自分の本名と同じ名で呼ばれている者がすでにいたとしても、その者も「本名は別にある」ことが判っているから不平不満は出ようがない。

いずれにせよ「市松」も、身延屋に奉公が決まったときに、今は亡き主の西左衛門につけてもらった名前だった。だから、身延屋の小僧三人には全員「松」の字がついていたのだろう。

ちなみに、丁稚奉公が始まったときに付けられた名は、手代か番頭に昇格するときに変えられ、番頭が暖簾分けで新たな見世の主になるときに再度変えられるというのも、当時の商習慣として一般的に行われたことだった。

「本名は」

桔梗の問いに、素直に答える。

「一之亮《いちのすけ》です」

親からもらった名を口にするのはずいぶんと久しぶりな気がして、自分の耳へ奇妙な響きになって届いた。

「侍みたいな名だねえ」

「父は、浪人でした」

次の問いには、なぜか間が詰まったような気がした。後から考えると、ここからが桔梗の――そしてその背後にいるであろうあの僧侶の、本当に知りたかったことのようだ。

「今、親父さんはどうしてるの」

「ふた月前に、病《やまい》で亡くなりました。それで手前は、身延屋へ奉公することになりました」

本名を名乗ったからか、奉公してきた見世はもうないはずなのに、まだ商家の言葉遣いをしている己がおかしかったし、頼りない存在に感じられた。

「お袋さまは」

市松――一之亮は首を横に振る。

「ずいぶんと前に、死んだそうです」

「兄弟姉妹は――いない？　一人っ子かい」

「はい。手前が知っている限りでは」

当時は乳幼児の死亡率が高く、当人が知らないままに赤子で死んだ兄弟姉妹がいたという話も稀《まれ》ではなかった。市松の返答は、それらしき者の墓参りをした記憶がいっさいないことに基づいているのだが、父が浪々の身で各地を転々としてきたなれば、どこかに自分の知らぬ兄弟の墓があっても全く不思議ではなかった。

「他に身寄りは？　祖父《じい》さん祖母《ばあ》さんとか、そうじゃなきゃ親戚とか」

「いません。国許には親戚がいるのかもしれませんが、手前は知りません」

「故国《くに》はどこだい」

「手前は江戸生まれと聞いています。父母の郷里は知りません――何年か前、父が酔ったときに、『俺を召し放ったようなお家に未練はない』と知人へ語っているのを聞いたことがあります。父は、手前には一度も国許の話をしたことはありませんでした」

全くの根無し草だということだ。父には、当人にとっては忌避《きひ》すべきものかもしれなくとも郷里が存在する一方、市松——一之亮にそのようなものは、生まれたときから与えられてはこなかった。

かといって江戸が己の郷里かというと、異邦人として暮らす父の姿を毎日目にしていたからか、そうした感慨も抱けはしない。ものごとに淡泊な——己の存在すら希薄に感ずる心情の一端は、あるいはこんなところに根ざしているのかもしれなかった。

「親父さんと、親しくしてた人は」

「……日傭取りの仕事を得た雇い先で、ときおり顔を合わせるような人はいたかもしれませんが、手前の知っている範囲で、特に親しい友人はなかったように思います——父が酔ったときに『かつての主家に未練はない』と話したお相手の方は、珍しくだいぶ親しくしていたようですが、昨年、日傭取りで川浚えの仕事中に足を滑らせ、溺《おぼ》れて亡くなったそうです」

その男の弔いから帰った後の、がっくりと肩を落とした父の後ろ姿が、不意に思い出された。

そうかい、と言った桔梗は、問うのをやめて、何か考える顔になった。

「一亮《いちすけ》がいいかね」

「？」

桔梗が突然言い出したことへ、何やら意味が判らずポカンとした。

「お前さんの名だよ。あんなことがあった後じゃあ、市松って名乗りはちょいと具合が悪いからね。かといって、ここにいるなら一之亮ってわけにもいかないし」

「一亮……」

呟いてみたが、もちろん実感など湧くものではない。なにより、言われたことに考えがついていかない。

桔梗は満足げな顔で、独り決めに決めてしまった。

「さあ、それじゃあ今日からお前さんは、一亮だ——一亮、しばらくは何もしなくていいから、ここで大人しくしてな。食い物はあたしが持ってきてやるからさ。

それと、用を足したいときはそっちの隅に便壺《べんつぼ》が置いてあるから、気ぶっせい（憂鬱《ゆううつ》）だろうけど、そこで済ませな。なに、今は冬場だから、そんなに臭《にお》やしないだろう」

桔梗は、自分たちがいるのと反対側の隅を指して言う。と、市松——一亮へ、家族のことなどを問うていたときにはだんだん穏和な顔つきになっていたものが、一転して元の鋭い目つきに戻って宣した。

「逃げ出したいなら、逃げてもいいよ。ただしそんときは、あたしらに見つからないようにうまくやるんだね。もし見つかったら——どうなるかは、言わなくても判るよね」

返事が、できなかった。

それでも桔梗は、見返してきた一亮の顔を見て満足したようだった。

「じゃあ、すぐに昼飯を持ってきたげるよ」

そう言って小屋から出ようとして、何を思いついたのか足を止める。

「そうだ、もう一つ——一亮。あんた、もう瀬戸物屋の丁稚じゃないんだから、自分のことを『手前』っていうのはやめな。他人《ひと》に聞かれたら、妙な目で見られるからね」

「……何て言えば」

「親父さんと暮らしてたときは、何て言ってたの」

「吾《われ》、と」

「吾ねえ……そいつも侍の子みたいで、ここじゃあちょいと変だね――じゃあ今日からは、『おいら』か『俺』にしな。あんたの言いやすいほうで、どっちでもいいからさ。

なに、ふた月ほどで商人言葉《あきんどことば》を身につけちまった一亮なら、すぐにもスッと口から出るようになんだろう」

――『おいら』、『俺』……。

頭の中で反芻《はんすう》しているうちに、桔梗の姿は戸口から消えた。

同じ年ごろの長屋の子供たちと遊ぶときには、かつて一亮も自分のことを「俺」と言っていた。が、そうした言い方を父が好んでない様子だったので、父がいる前ではずっと「吾」で通してきた。

やがて遊び仲間が奉公に出、あるいは職人に弟子入りしたりして一人、二人と減っていくと、一亮が「俺」と口にする機会は減っていった。一亮の口数自体が減っていったのも、そういえば同じころからだったかもしれない。

――この先、吾はどうなるのだろうか。

父が働きに出た後の長屋で独りぽつねんと座り込んだまま、一亮は己の将来について漠然とした、しかしながら大きな不安に苛《さいな》まれることがよくあった。

そのことをふと思い出したのは、今も同じ不安を覚えて当然の状況にあるからだ。

でも、今は何かが違っていた。確かに不安は感じている。しかし、「どうせなるようにしかならぬ」という、諦めとも開き直りともつかぬ感情が肚の底に居座っているため、おそらく他者の目には何を考えているのか判らぬ子供に見えていよう。

——吾の中で、何が、どう違ってしまったというのだ？

己の心に問い掛けても、答えは返らなかった。

「どうであった」

市松——一亮を閉じ込めている小屋から出てきた桔梗に、背中から声が掛かった。相手は、身延屋で桔梗らとともに現れた、あの僧侶であった。

「ふん、そんなに気に掛かるかい」

相手をちらりと見た桔梗は、己の出てきた小屋を後にしながらぞんざいに応ずる。

僧侶は桔梗の後を追いつつ、反問に答えた。

「拙僧がここまで連れてきてしうもうたからの」

拒絶するつもりまではないのであろう、僧侶が楽に後を追える程度の速さで歩んでいた桔梗は、その言葉を聞いて急に振り返った。

「坊さんから言い出したんなら、ちょうどいい。あの小僧、なんで命を救けた上にこんなところまで連れ込んだのか、あたしにも得心できるように、きちんと話してもらおうかい」

僧侶は、足を止めて相手を見返す。

「きちんと、と言われてものぅ……」

剣幕《けんまく》に驚いたというよりも、ぶつけられた怒りの感情をいなそうとしているかのように見えて、桔梗はますます表情を硬くする。

僧侶は、「まあ、そぅいきり立つな」と相手を宥めにかかった。

それで済んだことにされてしまっていたなら桔梗は激怒したであろうが、僧侶は言葉を探しながら何とか話をしてくれるつもりのようだった。

「何がどうと、はっきり言えることは、拙僧にもない――が、どうにもそのままには捨て置けぬ気がした」

「それだけで、あたしを止めたと？」

桔梗が言っているのは、見られた相手を殺そうとしたのを制止されたことである。

「すまぬと思うている」

止めたこと自体へではなく、桔梗が目撃者を殺す肚を固めるまで決断が遅れたことに対する、謝罪だった。僧侶が発した言葉の意図は認識していながらも、赦《ゆる》すと口にするつもりのない桔梗は、剣呑《けんのん》な目つきのまま「で？」と先を促す。

僧侶は、言葉に迷いながら先ほどの続きを口にした。

「そなたとて、いささかなりとも感ずるところはあったのではないか。何しろ拙僧ばかりでなくそなたも健作も、部屋の中で隠れておる者の存在など全く気づいてはおらなんだのだからの。

いや、それを言うなれば、まずは瀬戸物商の主夫婦か。あの夫婦は、小僧が一人足らぬと判っていたであろうに、あの小僧のことはあまり眼中にない様子であった。芽吹いた後すらあれほど勘定高《かんじょうだか》かった連中が、そんな抜かり方をするなど、まず普通ならばあり得まい。

それに何より、たとえいっときにせよ、どうして見世の中であの小僧だけが主夫婦の刃《やいば》から逃れることができた？　その後の気配の消し方と合わせて考えたなら、何かあるとは思わぬか」

同意を求める僧侶を、桔梗は口を閉じたままじっと見返してくる。

「言いたいことは、それだけかい」

ようやく出てきた反応が、これだった。僧侶が、自省する顔になる。

「言葉にすると、確かにずいぶんと頼りなくはあるな」

桔梗はフンと鼻を鳴らした。

「そんな言い草じゃ、あたしらはともかく、お偉い坊様方を説き伏せることなんぞ、とってもできやしないよ」

辛辣《しんらつ》な言葉だが、どうやらいちおう矛《ほこ》を納めるつもりにはなってくれたようだった。桔梗はさらに言葉を足しながら、僧侶を置いて歩み去っていく。

「どう見たって弱っちいだけの、どこにでもいそうなただの小僧じゃないか――でも、こんなところまで攫《さら》ってこられたってえのにあの落ち着きようは、あるいは坊さんの言うとおり、そんじょそこいらの者《タマ》じゃないのかもね」

僧侶はその場に立ったまま、遠ざかっていく桔梗を見送った。最後に口にされた言葉が己の「どうであった」という最初の問いに対する答えだと、仲間の女の背を見ながらようやく気がついた。

あれ以来、一亮と名を改めた――少なくとも、ここにいる限りはそういうことになっている商家の元丁稚は、同じ小屋の中でずっと過ごしていた。桔梗は言葉どおりに三度三度の食事を運んできたし、一亮のほうは厠も便壺で済ませ、一度も外へ出ることはなかった。

退屈はしなかった――というより、退屈を覚えるほどに、頭が働かない状態がずっと続いていた。あるいは、桔梗の運んでくる飯に、何かの薬が混ぜられていたのかもしれない。

一亮にとっては、どうでもいいことだった。

身延屋の寝間で二度殺されかけたときから、「逃げればただでは済まない」と脅されている今に至るまで、「己は生きているんだ」という喜びを心の底から感じたことはない。ただ、殺されもせずに置かれているから飯を食い、息をしているだけだ。

逃げようにも、どこへ逃げればよいのか、行く先の心当たりなどひとつもなかった。頼るべき相手もいない。

桔梗は、自分に新たな名を与え、「しばらくは何もしなくていいから、ただここにいろ」と言った。食い物を運んできて、生かしてくれてもいる。ならば、今の自分が頼ることのできる――そして実際に頼ってもいる、相手は桔梗ただ一人だけだった。

一亮は、飯が運ばれてくれば食い、用を足したくなれば排泄《はいせつ》し、それ以外のときはほとんどうつらうつらして過ごした。昼も夜も関わりない。

今の一亮にとっては、夢を見ることだけがただ一つの生きている証《あかし》だった。

二

深夜。あの天井の高いどこかの堂宇に、また僧侶らしき禿頭《とくとう》の男たちが集まっていた。男たちは今宵も、ほとんど明かりのない場で密議を続けているようだ。

「なんと、『芽』を摘んだ場より、人を連れ帰っただと！」

男たちのうちの一人、小柄で固太りの影が、信じられぬと声を上げた。

中背で細身の影から発せられた落ち着いた声が、最初の男に応じる。

「見られてしもうたのです、やむを得ぬことであったと申しております

「しかし、何も連れて帰ることは……」

脇から、別な声が掛かる。

「ならば、どうすべきであったと？　変成《へんじょう》もせぬ人を、手に掛けるべきであったと仰せにございますか」

中世期の仏教には、「男子変成《なんしへんじょう》」という言葉があった。女性の生理を「穢《けが》れ」と捉え、理屈よりも感情を重んじる傾向が強い女性の心の有りようでは、「欲など全ての心の動きから完全に解放された状態」に行き着く「成仏《じょうぶつ》」は、成りがたいという考えが根底にある。

このため女性が成仏する早道は、いったん女性から男性に生まれ変わることにあるというのが、「男子変成」という概念だった。

しかし、今この場で発言された「変成」は、中世期仏教の概念である「男子変成」の「変成」とはいささか意味が異なっているようだ。むしろ、この男たちが以前使った「芽吹き」という言い方に近い語感を伴っているのかもしれない。

「出した者らに、そうせんとする動きはなかったのか」

上背のある男から発せられたのは、目撃者を手に掛けようとする者はいなかったのか、という問いである。ただし「そうせんとする」という問い方には、「指示語で判る」との考えで口にされたというより、「生々しい響きを避けた」と思われる節が濃厚であった。

最初の声に応えた細身の男が、この問いにも返答した。

「一人が、為さんとしたと聞いておりまする」

「ならば、なぜしなかった」

とは、固太りの男。

「天蓋《てんがい》が止めたと申します。連れ戻ったのも、天蓋の考えだということにござりますれば」

「天蓋、あの若造が。いつも勝手なことをしよる」

苛立ちの声を上げた固太りの男へ、細身の影が落ち着いた声で返す。

「先ほどの問いに立ち返りまするが、ならば、どうすべきであったと?」

この問いには直接応ぜず、苦々しげに吐き出した。

「そもそも、見られてしもうたということをこそ問題とすべきじゃ。だから、あのような半端な連中を出すべきではなかったということよ」

「出さねばどうなっておったでしょうな。芽吹くのを、みすみす見逃してしまうことになりましたぞ」

「やはり、壱の小組をさほどの遠方まで出したのが間違いだった」

「その議論は、何度も繰り返したはず。何としても放置はできぬということで、皆様得心なされたはずにござります」

細身の影は穏やかな声で辛抱強く返したが、うんざりしている内心を完全に押し隠すには至らなかった。

二人の言い争いに別の声が割って入った。頰の垂れた輪郭をした男だ。

「いずれにせよ、手足として使える小組の数が足らなくなっておる。今の状況が今後も続くようなれば、我らの務めは早晩破綻《はたん》するぞ」

議論をすり替えたような発言だったが、この場にいる皆が共有している問題意識だったため、あらぬところで熱くなりかけた一座を一瞬にして冷やす効果を上げた。

細身の影の穏やかな声が、改めて口を開く。

「なればこそ、あの者らを早く一本立ちさせねばならぬと申せましょう」

「今後もあの者らを使うと言うか?」

固太りから呆れた声が上がるのへ、細身の影は反論した。

「他に、どんな手がございましょうか。新たな小組を一から作り上げるような悠長なまねをしておっては、とても間に合いませぬぞ」

「……こたびのように、勝手なことをさせてはおけぬ」

それは、渋々ながらも穏やかな声に同調するという発言だった。

一座を取りまとめる立場にある、上背のある男が面々に問う。

「皆も、それでよろしいか」

新たな声は上がらない。衆議は、決した。

「きちんと紐《ひも》をつけておかねばならぬ。それは、忘れるな」

固太りの声が、己の考えにこだわって言った。


やはり深夜。商家の小僧の市松から一亮へ名を変えさせられた少年がいる小屋は、屋根近くに陽射しがあれば直接小屋の中へ入ってくるほどの隙間がいくつも空いている。暮れも押し詰まった冬ともなれば、シンシンと冷え込んだ。

それでも一亮は、風邪を引くこともなく過ごしていた。小屋の中に火の気はなかったが、播巻は粗末ながらも身延屋にいたころよりずっと厚手の物が与えられていた。

小屋の戸が、小さな軋《きし》みを上げて開けられた。

市松は、誰かと不審に思いながら閉じていた目を開く。いつも小屋へ現れる枯梗が、こんな刻限に小屋へやってきたことはこれまでなかった。

外の星明かりで浮かんだ影は、やはり桔梗のものではなかった。もっと大きくて、細身ながらがっしりとした体つき。禿頭で、袈裟らしき衣の輪郭《りんかく》が覗《うかが》える。

その影の形には、見憶えがあった。自分が身延屋で送った最後の夜に、桔梗らより遅れて現れた僧侶だった。

「起きておったか」

掛けられた声は、やはりあの僧侶のものだった。

「ここで寝てばかりおりますので、眠りは浅《あそ》うございます」

目が醒めたのだと応じた。桔梗には、一人称を変えよと命ぜられた後、「その馬鹿っ丁寧な口の利き方も何とかしな」と言われていたのだが、ほんのときおり現れてはすぐに去っていく桔梗以外とは会話をする機会もないとなれば、そうそう簡単に直るものではない。

「さようか――そなた、逃げ出さぬどころか、小屋より一歩も表には出ておらぬそうだの」

中に入り背中で戸を閉めながら、僧侶が問うてきた。

「そう、命ぜられましたから」

「さほどに、桔梗が恐いか」

表情は見えないが、面白がっているような口ぶりだった。

「いえ。無論、桔梗さまのお力は十分知っておるつもりにございます。されど、吾が生かされておるのは、桔梗さまやそなた様方のご厚意あればこそ。なれば、これより先どうなるかは存じませぬが、ご厚意にはでき得る限りお応えすべきかと思いました」

僧侶は、「ほう」と言ったまましばらく黙った。何を考えてか、こちらをじっと見ているように思えた。

「表へ出てみぬか」

出し抜けに、そう問われた。

「これからにございますか」

「そうだ。感心なほどに覚悟はできているようじゃが、ずいぶんと暇にしておったであろう」

「覚悟などという大層なものはありませぬ。ただ、これまですでに死んでいてもおかしくないようなことが、あり過ぎたと思うだけで」

「……ゆえに、もはや死んだような心持ちだと?」

「はて、どうでしょうか。ただ、もし『これよりは好きにせよ』とここから放り出されたとしても、吾には生きていく手立てひとつありませぬ」

「そして、そうしたいという気力も薄いか」

問われて、一亮は少し考えた。

「どうなのでしょう」

考えても、結論は出なかった。

「生き飽きるほどに生きたとか、生きていたくなくなるほどの酷《ひど》い目に遭い続けてきたというなればまだしも、その歳で己《おの》が命への執着《しゅうじゃく》がさほどに薄いは、少々珍しいの」

「生まれ損《ぞこ》ない、なのでしょうか」

「はてな」

僧侶の応えは、それだけだった。

「さあ、表に出る気があるなれば、出掛けようぞ」

そう促されて、一亮は掻巻を体から除《の》けて立ち上がった。

「これを着よ」

そう言って僧侶は何かを投げてきた。ガサリと音を立てた黒い塊を受け止めてみると、均一に並べられた茎《くき》の硬い手触りがするそれは、どうやら蓑《みの》のようだった。

「寒くはないか」

そう問われた一亮は、「いえ」と短く答えた。身延屋で身につけていた寝間着は、ここで目が醒めたときに取り上げられ、今は綿の入った小袖《こそで》（綿入《わたいれ》）を着せられている。その上に蓑を纏《まと》えば十分だった。

僧侶に伴われて小屋を出た一亮は、周囲を見回してみた。

提灯《ちょうちん》の明かりが届く範囲はごく狭い。それ以外の光、星明かりでは黒々とした建物の影しか見えないが、どうやら自分がいた小屋と同じような物が、周囲にいくつも建てられているらしい。

「ここがどこか判るか」

僧侶の問いに、一亮はまた「いえ」とのみ答えた。

「浅草寺奥山《せんそうじおくやま》、というのを聞いたことがあるか」

僧侶はあっさりと、一亮が連れてこられた場所を口にした。

「浅草寺奥山……」

一亮は鸚鵡返《おうむがえ》しに呟く。

金竜山浅草寺《きんりゅうざんせんそうじ》は、千代田のお城からは北東《うしとら》の方角にある名刹《めいさつ》だ。創建は徳川《とくがわ》家康《いえやす》の江戸入府《にゅうふ》よりずっと古く、遥《はる》か飛鳥《あすか》時代まで遡《さかのぼ》るという。

「奥山というと、見世物小屋がたくさんあるという、あの奥山ですか」

浅草寺の裏手は奥山と呼ばれ、見世物や芝居などの演《だ》し物《もの》をする小屋、水茶屋《みずぢゃや》のような休憩所、楊枝屋《ようじや》、土産物屋《みやげものや》などの売店が建ち並び、大道芸人が様々な芸を披露して人々を楽しませていた。老若男女《ろうにゃくなんにょ》の別を問わない娯楽場としては、お城の東にあった両国橋広小路《りょうごくばしひろこうじ》と並んで、江戸で最も賑《にぎ》わった場所だ。

「前に来たことは?」

問われた一亮は、首を振って「いえ」と答えた。

「以前住んでいた長屋からもお見世からも、ずっと遠くですから」

江戸も南西の端にあった身延屋や己の住んでいた長屋から見ると、お城を挟んで反対側へ、同じようにずっと遠ざからないと行き着けないほど距離がある。日傭取りで暮らしを立てる浪人者の倅《せがれ》には、とうてい縁のない場所だった。

「それで、昼間にはたくさん人がいるような気配がしていたのですね」

そう付け加えた一亮へ、僧侶はさらに場所の説明をした。

「ここは奥山でも、ずっと踏み込んだ先の、突き当たりのほうになる。少し歩けば、すぐそこに寺域を区切る境の塀があるほどだ」

だから、使わない物を仕舞っておくような小屋が建てられていたのかと、一亮も得心した。

「さて、それでは出るか」

問答の間足を止めていた僧侶が、また歩き出した。

「出る？」

「寺の外へよ」

どこへ行くつもりかと思ったが、今さら何があったとて、どうせなるようになるだけだ。一亮は、黙って僧侶の背に従った。

三

奥山は本堂裏手になると聞いたから、てっきり本堂のほうへ行くのだろうと思っていると、一亮を伴った僧侶はどんどん木が生い茂っているほうへ向かう。暗い中、提灯の明かりひとつでの移動だから歩き方はゆっくりだが、それでも足元が頼りなく思えた。

「あの、どちらへ」

とうとう我慢できなくなって訊いた。

「寺の外へ出ると言うたぞ」

「しかし、寺の御門はこちらではないのでは」

僧侶が立ち止まったのは、背中が急に近づいたことで判った。

「陽が落ちれば、山門は閉まってしまう。拙僧なれば門番に脇門よりの出入りを許してもらえようが、そなたでは無理ゆえな――まぁ、拙僧とて、この刻限から正面切っての出入りとなると、いささか面倒ではあるのだがな」

言われれば、確かにそのとおりだと思える。

「では、どこから」

僧侶は、また歩き出しながら一亮の問いに答えた。

「本来奥山の見世物小屋で働く者らも、陽が落ちる前に皆退去せねばならぬのだが、翌日からの演し物の支度をしているところもあれば、芸人や裏方が内緒で泊まっておる小屋もある。寺社奉行所《じしゃ》からお達しが出たばかりという時期でもない限り、寺もうるさいことは言わずに目を瞑《つむ》っておるしの。

寝泊まりする者があり、その中の幾人《いくたり》かはずっと中で住み暮らしておるとなれば、陽が沈んだからといっていっさい出入りができぬでは不便で仕方があるまい。ゆえに、裏に外へ抜けられる道があるのじゃ」

「その道を、お坊様が」

「おお。拙僧とて、ここで暮らしておるからの」

話をしているうちに、木々の間を抜けた。するとそこには、ずっと向こうまで見渡せそうな、真っ平らな土地が広がっていた。

「田畑《でんばた》、ですか……」

江戸で最も繁華な土地だと聞いていた場所のすぐそばに、このような農地が広がっているとは思いもしなかった。

僧侶は、手にした提灯を顔に近づけると、なぜか吹き消してしまった。

「俗に、浅草田圃《あさくさたんぼ》と申す。ほれ、四半里（約一キロメートル）ばかり先に、明かりを皓々《こうこう》と照らした場所があろう」

晦日《みそか》に近いこのころは、月が細っているばかりでなく、月の出は夜明け近くになる。刻限は判らぬながら、おそらく子《ね》の刻《こく》（午前零時）近くだと思われる夜中では、晴れ渡っていても星明かりしかない。

その、暗く沈んだ田畑の向こうに一箇所、「ここから月が昇るのだ」と言われれば信じてしまいそうなほどに、明るい場所があった。

「あそこは……」

「不夜城《ふやじょう》、吉原《よしわら》よ」

そう言った僧侶は、「行くぞ」と促してさらに足を進める。

「足元に気をつけよ。ここいらは、名前どおり田圃が多いからの。踏みはずせば、風邪を引かぬでは済まぬことになりかねぬぞ」

そう、注意してくれた。

現代では一般的な、冬場には水を抜く水田（乾田《かんでん》）は、江戸期だと扇状地《せんじょうち》などの傾斜地にあって、冬季に麦などを育てる二毛作をやっているようなところに多かった。それ以外の場所の水田は、一年中水を溜めておく湿田《しつでん》と呼ばれるものがほとんどだ。

僧侶は、明かりに誘われるように、北へと足を進めていく。

「あの」

一亮は、僧侶の背に呼び掛けた。

「今度は何じゃ」

「吉原へ行くのですか」

問われた僧侶は、また足を止めた。

「そなたには、まだ早かろう――拙僧も、いちおうは僧侶ゆえ、女犯《にょぼん》は具合が悪いしの」

僧侶の結婚が公《おおやけ》に認められるのは、明治期以降である。この時代、僧侶は女郎買いなど女性との性交渉が明るみに出ただけで処罰され、破戒僧《はかいそう》のほとんどは遠島《えんとう》に処された。

「では、どちらへ」

「なに、すぐそこじゃ。少し黙ってついて参れ」

また歩き始めた僧侶に従いながら、一亮は「少々図《ず》に乗ってものを訊きすぎたか」と反省した。この僧侶と話をしたのは今日がほとんど初めてのことになるが、桔梗のように、一つ言葉を間違えただけで嚙みつかれそうな恐さを感じないことから、つい甘えてしまったように思う。

ここ数日、桔梗とのほんのわずかなやり取りを除けば全く人と話せなかったため、己が会話に飢えていたのだということにまでは、気づいていなかった。

一面田畑ばかりだとはいえ、そこここに小さな雑木林や竹林はある。僧侶はその中のひとつの前で足を止めると、無造作に踏み入った。

一亮は、何をするつもりかと道に立ったまま僧侶を見やる。

「何をしておる。そなたも入ってこぬか」

僧侶に催促されて、一亮も後に続いた。

元々明るさのほとんどない夜空だから、木々が疎《まば》らに植わっているだけの場所とはいえ、一歩中へ踏み込むともう真っ暗闇だ。道からなら見えていた僧侶の姿も、近づいたはずなのにほとんど判らなくなっていた。

「こんなところで、何を？」

問われた僧侶は、いまだ明るい吉原のほうを見ているようだった。

「しばらく、ここで待つ」

「何を、待つのでございますか」

「待っておれば、そのうちに判ろう」

教える気は、ないようだった。

なれば、仕方がない。一亮も口を閉ざして、何が起こるのか、ともかくじっと待つことにした。

「……あの」

黙っていようと思ったのだが、気になってしまうとつい、口から言葉が出てしまった。

「何じゃ——そなた、かほどにお喋りだなどと、桔梗は言っておらなんだが」

溜息混じりの返事がよこされた。

「すみません。もう、大人しくします」

今度こそ、と固く唇を引き結んでいると、僧侶のほうから声を掛けてきた。

「そなた、何が訊きたかったのじゃ。黙ってしまわれると、気になるではないか」

「はい、すみません」

「で、何を問おうとした」

怒っている声ではなかったので、遠慮しつつも、訊きたかったことを口にした。

「お坊さまのお名前は、何とおっしゃるのかと思いまして」

しばらく返事がなかったので、いよいよ呆れられたかと首を竦《すく》めていると、僧侶のやや茫然《ぼうぜん》とした声が発せられた。

「そうか。そういえば、まだ名乗っておらなんだの。桔梗よりいろいろ聞いていたゆえ、そなたも拙僧のことをもう知っておるのだと思うてしまった――いや、これは拙僧が悪かった。当然の問いであるわな。

拙僧は、天蓋と申す。いちおう坊主の端くれだが、なに、桔梗や健作の仲間とだけ憶えてくれればそれでよいわ」

「天蓋さま……」

「もっと訊きたいこともあろうが、これより先は、拙僧が『よい』と言うまで声を出すな。なるたけ気配もさせぬよう、息を殺してじっとしておれ。後で、話せることは話してやろうほどに――よいな」

一亮は「はい」と返事をしそうになって慌てて口を噤《つぐ》み、これで伝わるだろうかと案じながらも大きく頷いた。

幸い、僧侶――天蓋には通じたようだった。

それからしばらく、二人は黙ったままじっと吉原の方角を見ていた。

――拍子木《ひょうしぎ》の音？

北風に乗って、何か乾いた物を打ち合わせるような澄んだ響きが聞こえてきたが、木枯らしの叫びと混じり合っており、ただの気のせいかもしれなかった。

一亮に黙れと命じた天蓋が、ぽつりと言った。

「引け四つの拍子木だ。間もなく、九つの拍子木が鳴る」

一亮は、思わず天蓋のほうを見た。目が慣れて輪郭ぐらいは見分けられるようになったが、表情までは全く判らなかった。

が、一亮の疑問は天蓋にも伝わったようだ。小さな声で、説明してくれた。

「お上から吉原が許されている夜見世（夜間営業）は暮れ六つ（日没時、午後六時ごろ）から四つ（午後十時ごろ）までだが、それでは十分な稼ぎにならぬ。それで、九つ（子の刻と同じ、午前零時）直前に『つい遅れたふり』を装って四つの拍子木を打ち、続けて九つを打つことで、お達しを守っているという体裁《ていさい》を取り繕《つくろ》ってるのよ――ことが起こるとすれば、間もなくであろう。肚を括《くく》っておけ」

一亮は、冷水を浴びせられたようにぞっとした。なぜか不意に、身延屋の最後の夜のことが思い出されたからだった。

――なんでこんなときに。

己の臆病に舌打ちしたくなったが、あるいは気持ちの変化は、天蓋の口調がそれまでののんびりしたものから、急に真剣味を帯《お》びて聞こえてきたからかもしれなかった。

やがて、吉原のほうから男が何人か歩いてきた。女郎買いをした後、大門《おおもん》が閉まる前に慌てて飛び出してきたものだと思われた。

たった一人か、多くても二、三人連れだ。全体の数もそう多くはなく、田圃の中の道にぽつりぽつりと人影が見える程度だった。

「あの客らがどこに住まいしておるかは知らぬが、吉原から己の家までは少なくとも半里（約二キロメートル）ほどはあろう。吉原の客の多くは、家まで舟か駕籠《かご》を使う。それをやらずに、しかも月もない真夜中に、近道をせんとてこんな田圃の中の寂しい道を選ぶ者は、そう多くはないのじゃ――さて、気づかれぬように、もそっと奥へ行っておこうか」

天蓋の誘いに従い、一亮もさらに林の奥へと後退した。

ほどなく、吉原帰りの客が林の前の道を通り過ぎていくようになった。

皆、何を思うのか、暗い足元だけを気にしながら早足で歩いていく。二人連れや三人連れも、大声で馬鹿話をしながらそぞろ歩くような者は少なかった。

息を潜めて林の中に潜む天蓋や一亮の存在に気づく者は、一人もいないようだ。そうした通行人の姿は四半刻（約三〇分）ほどで途絶えがちになり、やがてぱったりといなくなった。

天蓋には、まだその場から動く気配はない。

商家に奉公し始めて辛抱が身についてきた一亮だったが、さすがに痺《しび》れが切れてきた。林の中だから田畑の広がる中を歩いていたときほど風は感じずに済んでいるが、それでも地べたからは身を震わせる寒さが這い上ってくる。我知らず、小刻みに足踏みをしていた。

「あれか……」

一亮の様子の変化など気にもしていなかった天蓋が、道の先を見ながらぽつりと言った。一亮も、同じほうへ目をやる。

もはや通る人はいないと思えていたのだが、ただ一人、道をこちらへ向けて歩いてくる者がいた。提灯を手に、両手を袖の内に引っ込め、寒さに首を竦めながら急ぎ足でやってくる。

背格好や歩く姿からして、まだ若い町人のようだった。

――あの人が、どうしたというのだろう?

一亮には、天蓋が何を気にしたのか全く判らない。

が、次の瞬間、背筋をぞくりとさせるものが目に入った。

四

それは、いつの間にか湧き出した、もう一つの人影だった。

こちらは、明かりを手にしてはいない。星明かりだけでは判別しづらいが、腰に刀を差しているようだった。

――侍。

しかし、なぜ自分があの侍を見て背筋を凍らせたのか、一亮は理解していない。ともかく、夜の闇の中を動く闇よりも真っ黒なその影が、とてつもなく不吉なものに見えたとしか言いようがなかった。

侍の影は、提灯を持ち急ぎ足で歩く町人へ、後ろから近づいていった。町人のほうは、自分に迫ってくる侍には全く気づいていないようだ。

と、町人が足を止めた。侍に声を掛けられたか、近づく気配にようやく気がついたのだと思われた。

「あ！」

静かにしていろと言われたのを忘れて、思わず声が出てしまった。さほどに、一亮の目の前では衝撃的なことが起こっていた。

何ごとかと提灯の明かりを向けた町人を、侍は抜き打ちで一刀のもとに斬り伏せてしまったのだ。

一亮は、声を発してしまった自分の口を両手で塞いだ。町人を斬った侍の顔がいつこちらを向くかと怖れたのだが、侍の視線は己の斬った町人から動くことはなかった。

町人の手から離れた提灯が、道に落ちて燃え上がった。しかし、その火はすぐに小さくなって燃え尽きた。

拭いを掛けて納刀すると、侍は己の斬った男のすぐそばで膝を折った。手を伸ばして、町人に何かしている。

――懐を探っている？　辻斬り！

ようやく、目の前の侍が何をしたかを、一亮は悟った。隣に立つ天蓋を見上げるが、天蓋は無言で侍がやっていることを見ているだけだった。

――天蓋さまは、こんなものを吾に見せて、何のおつもりだろうか。

一亮も視線を前へ戻しながら、その疑問が心から去らない。

侍は町人の懐から巾着《きんちゃく》らしき物を抜くと、死人の袖口から袂《たもと》へ手を突っ込んで、小銭まで奪ったようだった。

全ての仕事を終えた侍が立ち上がった。軽く周囲を見回し、他人《ひと》に見られていなかったことを確かめる。

――？　今のは。

ひと渡りぐるりと視線を巡らせた侍の目がこちらに向いたとき、まるで夜間出会った猫の瞳のように光っていたような気がしたのだ。

侍は、何ごともなかったかのように夜道を歩き出した。

――こっちへ近づいてくる！

一亮は息を詰めた。それでも、さらに近づかれれば自分たちの存在は必ず察知されるように思えた。

「待ちな」

不意に、鋭い声が上がった。

悠然《ゆうぜん》と歩いていた侍の足が、ピタリと止まる。

どこから声を掛けられたのか、気配を探っているようだった。ゆっくりと見回す視線が一亮らの潜む林で止まりかけたとき、二つの人影が躍り出た。

二つの影は、前後から侍を挟み込む。

侍は半歩下がると、腰を落とし刀に手を掛けた。町人を斬ったときと同じ、抜刀の体勢だった。

「このご時世に辻斬りたぁ、ずいぶんと物騒なこったね」

侍に呼び掛けた声には聞き憶えがあった。

――桔梗さん……。

すると、もう一つの若い男らしき人影は、おそらく健作なのだろう。

侍は無言。抜刀体勢のまま二人を何度か交互に見やったところからすると、間合いを測っているのかもしれなかった。

「驚きすぎて、声も出ないかい」

桔梗の挑発にも、侍は乗らなかった。無言のままスルスルと健作に近づき、腰の刀を抜き放った。

――斬り飛ばされた⁉

一亮の目には一瞬そう見えたが、着地した健作はしっかりと二本の足で立っている。侍の一撃が届く寸前、自ら飛んで間合いをはずしたようだ。

侍は深追いせずにくるりと振り向くと今度は桔梗を狙った。

が、桔梗は迫られる前に、自らポン、ポンと三度後方へ飛び下がった。

即座の決着を諦めた侍は、抜いた刀を左側へ流して、二人それぞれに半身になるような体勢を取った。俯《うつむ》け気味にした顔は、桔梗と健作、どちらを見ているのか見分けがつかない。

今度は、桔梗たちが動いた。桔梗が、手にした何かを侍に投げつける。おそらくは、身延屋で一亮が目にしたのと同じ、手裏剣だろう。

ガシン。

眼前に振り上げた刀で弾かれたそれは、田圃に落ちて水音を立てた。

と、間を置かず侍の背後から、健作が両手であの見えない糸を繰り出した。こたび糸は、侍の首に巻きついたようだった。

侍は左手を刀から離すと、首に巻きついた糸を解こうと足掻《あが》く。が、簡単にははずれないようだ。

体を揺らしながら糸と格闘しているように見えた侍は、左手で首に巻きついた糸を摑んだまま、突如健作目がけて走り出した。

糸を使って侍を締め上げていた健作は、不意を衝《つ》かれて逃げ切れないように見えた。

しかし、侍の背後にいる桔梗が、素早く右手を二度振った。

侍の両方の脛《すね》に、二本の棒状の得物が突き立つのが、一亮の目にも見て取れた。

侍は堪《たま》らず、途中で道の上に膝をついてしまう。

「グァウ」

初めて、侍の口から音らしきものが漏れた。

いったん糸をはずす仕草をみせた健作は、手許に戻したそれをまた侍へ向かって繰り出した。今度は、侍の両腕を束縛したようだ。

侍が抵抗する前に、健作は上体も使いながら己の両腕を大きく交叉《こうさ》させる。すると、道の上の侍はなぜか反対側を向かされていた。

目の前には、すぐそばまで近づいていた桔梗が立っている。

「元の世界へ戻りな」

引導を渡した桔梗は、侍の目の前でまた右腕を鋭く振るった。

「ゴーオゥ」

ひと声叫んだ侍は、大の字に倒れた。その眉間の上——白毫にも、細長い物が突き立っていた。

「終わったな」

天蓋が、一亮の隣で淡々と言った。どうやら、最初からこれを見せるつもりで一亮を連れ出したようだった。

天蓋が、林を抜けて道のほうへ踏み出した。遅れて、一亮もその後を追った。

道に出たときには、桔梗は己の放った得物の回収をすでに終えた後のようだった。桔梗と健作の二人は、わずかに天蓋と視線を合わせただけで、口を開くことなくどこかへ消えていった。

「さて、我らも帰るとするか」

一亮に話し掛けた天蓋は、返事も待たずにもと来たほうへ歩き始めた。帰り道は、提灯の明かりなしだった。

同じほうへ一歩踏み出した一亮は、背後を振り返る。

星明かりが照らすだけの道は見づらいが、二つの人の体が黒々と横たわっているのは判った。

天蓋はゆったりとした足取りながら、立ち止まっていた一亮から遠ざかりつつあった。向き直った一亮は、足を早めてその背中を追った。

「もうよいぞ」

前を向いて足を進めながら、天蓋が言った。「拙僧が『よい』というまで声を出すな」との指図を解く、という意味であることは、一亮にも理解できる。

それでも黙っていると、自分から促してきた。

「どうした、いろいろと訊きたいことがあったのであろう」

ひとつ大きく息を吸って、一亮は口を開いた。

「あれは、どういうことにござりましょうか」

「そなたの、見たとおりよ」

答えは、それだけだった。

得心できぬ一亮は、問いを重ねる。一度口火を切ってからは、次々と疑問が湧き出してきた。

「あのようでなければ、ならなかったのでしょうか」

「あのようでなくば、とは」

「どうして侍が辻斬りをするまで、桔梗さんたちは出てこなかったのですか」

それは、「どうして番頭さんや徳松さんたちが無残に殺されるまで、桔梗さんたちは出てこなかったのですか」と問うのと、同じことだった。

が、天蓋は直接訊かれたことだけを対象に回答してきた。

「確かめるため」

「何を、確かめたのでございますか」

一瞬黙した天蓋は、答えを待っている一亮へ反問してきた。

「そなたには、あの侍がどう見えた」

「どう？　辻斬りにございましょう」

「それだけか」

「それだけ？」

「あの侍は、なぜに辻斬りなどという非道を行ったと思う」

「……斬った後、懐を探っておりましたが」

「金か。確かに、斬った相手の金を奪っておったな。が、それがためにあのような振る舞いに及んだわけではあるまい」

「？」

「そなたに教えたはずぞ。吉原の客の多くは、家の近くまで舟か駕籠で帰ると。そうせなんだ者は、もともと持ち合わせが少ないゆえ、歩いて帰るという者が大半じゃ。すなわち、そのような貧乏人《びんぼうにん》を斬ったところで得られる金は多くない。さらに言えば、斬られた町人は吉原で散財した帰りゆえ、懐はいつも以上に寂しかったであろう。とてものこと、辻斬りなどという大罪を犯すには、割に合わぬ程度の持ち合わせしかなかったはずじゃ」

「実際に相手の懐を探るまで、天蓋様のおっしゃったようなことへ考えが及ばなかったのでは」

「あの辻斬りの態度を見たか。いかにも手慣れた振る舞いに見えなんだか。拙僧には、とても昨日今日あのような非道に初めて手を染めたとは思えぬが」

「では、刀を試すために?」

「あの侍、相手を斬った後に、ろくに己の刀を確かめもせぬまま鞘に納めたな。しかも、拭いの掛け方もぞんざいであった。試し切りをする者の所業とも思えぬ」

「では、人を斬ること自体が目的?」

「そうであろうな。しかし、斬らずにはいられぬという衝動に突き動かされていたようにも、斬った後で喜びに浸っていた様子も、拙僧には見えなんだ。ただ、感情に動かされることなく淡々と斬ったように思えるが、そなたはどう見た」

　答えが返らぬのを確かめて、天蓋は言った。

「ただの辻斬りならば、町方の仕事。僧籍にある者が、わざわざ出張《でば》った上で殺生に関与することなどはない」

「ただの辻斬りではないと？」

一亮は、天蓋が多くの言葉を使って自分へ説明しようとしたことを、改めて問うた。

天蓋は足を止め、一亮と正対する。こちらの表情を把握できるとは思えなかったが、動きから生ずる態度の変化は少しも見逃すまいとしているかのようだった。

「また訊こう。そなたには、どう見えた」

「どう、とおっしゃられても……」

「身延屋の主夫婦はどうであったか」

ズバリと訊かれて、一亮は答えることができなかった。

「旦那様やお内儀様も、ただの商家の主夫婦ではなかったということにござりましょうか」

今度の問いは、蚊《か》の鳴くような声になった。

「人に聞くばかりで、そなたは拙僧の問いに答えておらぬ」

そう突き放すように言うと、天蓋は向き直ってまた歩き始めた。

立ち止まったままの自分から遠ざかっていく天蓋へ、一亮は声を張り上げた。

「ただの商家の主夫婦や、ただの辻斬りではないというと、あれは——あの方々は、いったい何だと仰せなのでしょう」

「鬼」

天蓋はわずかに顔を向けてそう言った。

「鬼?」

問い直しても、天蓋は答えない。足元の暗さにも構わず、一亮は走り寄った。

「鬼とは、どういうことにございます。あの侍も、旦那様やお内儀様も、人ではないと仰せなのですか」

「かつては人であったやもしれぬ。しかし、そなたが最後に見た姿は、そうではなくなっていたはず——一亮、違うか?」

確かに、身延屋で最後に耳にし目にした有り様は、とても人の為した所業とは思えず、それまでの旦那様やお内儀様ではとうてい考えられない振る舞いだった。

——本当にそうか。吾は、穏やかに人と話し善行を施している旦那様やお内儀様に、不意に悪寒を覚えるようなことがあったのではないか。

心に湧き上がってきた思いを、懸命に否定した。

「鬼とは、いったい何のことでござりますか」

「本来この世には在らぬモノ。この世に在っては、ならぬモノ」

「ゆえに、退治すると？」

天蓋の無言は、肯定としか受け取れなかった。

「ただの奉公人殺しや辻斬りが町方の仕事だと仰せならば、なぜにその鬼なるモノの仕業《しわざ》も町方にお任せになりませぬのか」

「そなた、あのモノをその目で見て、町方の手に負えると思うたか？　我らが手を下すのは、放置しておけばこの世に禍《わざわい》がもたらされるのを座視することになるからぞ」

「禍？」

「世が滅びかねぬということよ」

——まさか。

一亮には、天蓋の口にすることがどうにも大仰すぎて、とても受け止めることができなかった。

身延屋の主夫婦が最後に示した姿を考えると、町方の手に負えぬというのはあながち嘘ではないかもしれない。今宵の辻斬りにしても、相当に手を焼くことになったかもしれなかった。

――しかし、町方任せにしていると世が滅びかねぬとは。

「信じられぬか」

一亮の考えを見透かしたように、天蓋が訊いてきた。返事のできぬ一亮へ、言葉を重ねる。

「すぐに信じよと申しても、確かに難《かた》かろう――が、そのうちにそなたにも判るときがきっとこよう」

予言のような言葉を発して、立ち止まった天蓋は一方を指し示した。

気づけばいつの間にか、一亮は己が入れられていた小屋の前まで戻ってきていた。

五

浅草田圃の真ん中に屍体が二つあるという報せは、その夜のうちに町方へ届けられた。

吉原は引け四つで大門を閉めると書いたが、大引けの八つ（午前二時ごろ）になると脇戸を含めた全ての出入りを閉ざしてしまう。引け四つで新たな客の受け入れを終了し、大引けでその夜の通常営業を完全に終えるということだ。

畦道に横たわる屍体を見つけたのは、大引け前に脇戸を開けさせて吉原を後にした酔客《すいかく》だった。大引けを逃すと、翌朝まで吉原の中で泊まることになるから、翌日早くから仕事のある者は、どうしてもこの刻限までに出なければならないのだ。

「酔い醒ましだ」と駕籠も舟も使わず、提灯を手に夜道を歩いて屍体に蹴躓《けつまず》いた客は、上半身を田圃に浸したずぶ濡れ、かつ泥だらけの姿で誓願寺《せいがんじ》門前町の自身番屋《じしんばんや》に現れ、不寝番の男を驚かせた。

すぐにところの岡っ引きへ通報がいったが、南町奉行所まで報せが届くのは、その岡っ引きが「吉原の酔っ払い客」の訴えを確かめた後になった。奉行所で応対した、これも不寝番の見習い同心から、八丁堀へ使いが走る。そうして浅草界隈を持ち場とする定町廻り同心の田坂伊織《たさかいおり》に臨時廻り同心の小磯がついて、現場へと赴《おもむ》くことになった。

定町廻りの田坂は、普段小磯とは違った臨時廻りと組むことが多いのだが、こちらの臨時廻りは翌日非番で、だいぶん聞こし召した後だったから、小磯が代わってやったという事情がある。

ともかく、死骸が二つ転がる田圃に小磯が田坂と現れたのは、もう日の出も近い刻限となっていた。

「こいつぁ……」

ところの岡っ引き、鳥越《とりごえ》の弥造《やぞう》の子分どもが集まっている場所まで行き着いた定町廻りの田坂は、驚きの声を上げて立ち止まった。

死んだ者が二人、さほど離れていないところで転がっている。そのうちの一人は町人で、もう一人は侍姿だ。侍のほうは、抜いた刀を手にしたままだった。

——いってえ、何があった……。

どうにも、状況の摑みづらい現場だった。

田坂よりわずかに遅れて到着した小磯は、倒れている者らをちらりと見ただけで、先に下っ引きたちのほうへ足を向ける。何をしているのかと田坂が寄っていくと、下っ引きたちがこの場に着いたときの様子を訊いているようだった。

「小磯さん、先に遺骸《ほとけ》の様子を検めなくっていいんですかい」

勢い込んだ田坂は、先達の同心を急《せ》き立てた。小磯は、ゆったりと応じる。

「そういきり立つない。遺骸さんは、どこにも行きゃあしねえよ」

まだ不満そうな定町廻りから、東《う》の方角へ視線を転じる。甍《いらか》を連ねる大小の寺院が、暗がりの中で薄ぼんやりと姿を現し始めていた。

「間もなく、夜明けだ。そしたら、提灯の明かりなんぞよりも、もっとずっとしっかり検められるぜ」

言われてみれば、確かにそのとおりである。田坂が同意を示そうとしたときには、老練な臨時廻りはすでに下っ引きたちの話を聞く作業に戻っていた。

やがて陽が昇り始めると、小磯は言葉どおりに死骸の検分を始めた。それは、田坂が「そんなにときを使って、いったい何を見ているのか」と呆れるほどに長く掛かった。

さらに小磯は、周囲の土地を見て回るのも、ずいぶんと慎重に行っている。何のつもりか、近くの藪《やぶ》にまで踏み入り、それだけでは足らずに下っ引きの一人に命じて提灯に火を入れ直させて、藪の中まで持ってこさせていた。

「お前さんは、どう見たね」

ようやく田坂たちのところまで戻ってくると、火を消した提灯を下っ引きに返しながら、小磯は訊いてきた。

「辻斬りでしょうか。拙者には、まず町人が斬られ、それを止めようと駆けつけてきたあの侍も、結局は返り討ちに遭った――そのように見えましたが」

普段は自分のことは「おいら」と称しているが、先達であり、あまり付き合いの深くない小磯に対しては、いつもより丁寧な口を利いた。

「ふん。まぁ、どうにか辻褄は合わせたな」

田坂の推論は、小磯にあっさり蹴られてしまった。

「どうにか、ですか」

評価に不満がある田坂の言葉には、どうしても感情が混じってしまう。

小磯は、ズバリと指摘してくる。

「侍が手にしてた刀に、血曇《ちぐも》りが残ってたのに気づいたかい? つまりは、そこで死んでる侍も、人か何かを斬った後だってことだ」

「すると、ここで二人を斬った辻斬りのほうも、怪我をしていると?」

小磯は、田坂へ考える間を与えるように、ゆったりと言葉を発した。

「おいらはその辺一帯をぐるりと歩ってみたけど、この二つの死体の周り以外に、血の落ちた跡は見つからなかったぜ。

それと、刀に拭いを掛けたときに使ったらしい赤く染まった懐紙《かいし》の塊が、向こうの田圃の中に落ちてんのを見っけたんだが、妙なことにこいつがひとつしか見当たらねえ――そこで死んでる侍の刀は、斬った血がそのまま残ってなくていちおうは拭いを掛けてるようだから、おそらくおいらが見つけた懐紙の塊は、そこの死んだ侍のモンだろう。懐に懐紙を残してる様子はねえし、腰の手拭は綺麗たぁとってもいえなくとも、べっとり血が付いてたりはしてねえようだしなぁ。ついでに言やあ、向こうの町人の袂や裾《すそ》なんぞも、刀の拭いを掛けんのに使われた形跡はねえ。

するってえと、お前さんの言う『町人を斬って、止めに入った侍も返り討ちにした辻斬り』の野郎は、己も怪我して血刀手に提げたまんま、手前《てめえ》の傷口からはほとんど血もこぼさねえでどっかへ消えたかい？　――まあ、拭いを掛けるのに使った懐紙の塊二つのうちの一つは、どっか遠くへ風で飛ばされちまったとか、あるいは辻斬りが手前で使った懐紙か手拭はそのまんま懐にでも捻《ね》じ込《こ》んで立ち去った、ってこともあり得ねえわけじゃねえけどな」

田坂は、小磯に言われたことを頭の中で反芻する。小磯の観察が正しければ、確かに妙だった。

「では、どういうことになるのでしょうか――まさか、この死んでいる侍が、町人を斬り殺した辻斬りだと？　それでは、侍のほうはいったい誰が」

問うた田坂の意気込みを、小磯はあっさりといなした。

「はてな――おいらの言ったことが正しいかどうか、自分の目でもういっぺん確かめてみねえ。じっくり眺めてたら、そのうちにおいらの気づかなかったことだって、ナンか見っかるかもしれねえぜ」

小磯の指図を受けた田坂は、さっそく再度の検分に取り掛かった。前回よりもだいぶ熱心に、死体や周囲を観察している。

小磯のほうはといえば――立ったまま、再び陽が昇ってくるほうへと顔を向けた。

田坂に嘘は言っていない。しかし、その目で認めたことの全てを話したわけでもなかった。

違和は、ここに来る前、二つの死骸が転がっていると耳にしたときから感じていたが、侍のほうの死骸をひと目見て、疑念が吹っ飛ぶほどの驚きを覚えた。仰向けに倒れ天空を見上げている侍の額の真ん中に、深々とした傷があったのだ。

――こいつは！

先日検分した死骸に残っていた傷と、瓜二《うりふた》つと言っていいほど酷似《こくじ》していた。

万が一思い違いをしていてはと、慎重に侍の死骸を検める。すると、額の他に両脛にも同じような傷があることが判った。

一方、町人のほうは単なる斬死としか思えない。

——その点も、似てやがるか。

小磯が酷似していると考える以前の殺しがあった場所、ここより遥かに離れた青山の先、宮益町の身延屋の見世では、額に傷のある死骸の他に、包丁で刺したと断じていい死骸が残されていた。

——しかも、前回もこたびも、額に傷のある死骸が、他の死人に対して使ったと思われる得物を握ったままだ……。

さらに、以前の殺しではあまり気に留めていなかった類似も、新たに発見することになった。

——額に傷のある死骸の両手首には、うっすらとだが、何かごく細い紐で縛ったような痕《あと》がついてる。前んときゃあ夫婦者《もん》だったたし、殺したぁ関係のねえ暮しの中でついた痕かと見過ごしちまったけど、こいつにもついてるとなると、何か殺し方に関わりがあるのかもしれねえ。

そうは思うが、では「どのような」ということになると皆目見当がつかない。

ともかくここまで似通《にかよ》っている以上、身延屋の主夫婦を殺した者と、こたび浅草田圃で侍を殺した者は、同一ではないかという疑いが濃厚になった。

――けど、そんなことを軽々しく言い出すこたぁできねえ。

それが、田坂へ全てを明らかにしなかった理由だった。

小磯自身が、ともに身延屋の一件の探索に当たった定町廻りの武貞や岡っ引きの稲平へ予言したことだったが、身延屋の一件は、すでに「主夫婦が奉公人らを皆殺しにした後、相対死《あいたいじ》にをした」ということで決着がついていた。世間に不安を呼び起こしかねないほどの凄惨な殺しへ、早々に蓋《ふた》をするためだ。

小磯には知る術《すべ》などないが、拙速《せっそく》な決着には町奉行所の意向を越えた、上《うえ》つ方《かた》の思惑が絡んでいることまで十分考えられた。

もし小磯がこたびの一件について自分の思うところを明らかにすれば、すでに解決したことになっている大事件を蒸し返すことになる。自分の首一つでは済まずに、町奉行まで巻き込みかねないとなれば、たかが町方同心一人の存念でやっていいことではなかった。

――結局最後んところは、お奉行のご判断次第か。

小磯は肚の中へ、そう落とし込んだ。

第四章　飛礫《つぶて》

一

深夜のあの堂宇には、いつもの面々がそろっているようだった。

頬の垂れた輪郭をした影が、口火を切る。

「天蓋が、芽を摘む場にあの小僧を連れ出したそうじゃの」

「なんと！　耳目衆ですらない者を、芽を摘む場に連れ出したと？」

驚きの声が上がったのへ、固太りの影がすぐさま反応した。

「あやつ、少々図に乗りすぎておるな。厳しく戒《いまし》めねばならぬ――一同、いかがか」

ざわつく中で、それまで口を挟まなかった細身の影がようやく発言した。

「その前に、確かめておくことがござりましょう——で、天蓋があの子供を伴って、結果はどうなったのでしょうや」

「無事に芽は摘めたようだが、町方に気取《けど》られたやもしれぬとの報せが入っておる」

「町方に気取られた！」

これまでとは違った緊張が、堂宇の中に走った。今までの話は内部の運営がうまくいくかどうかということだけだったのが、一転して外からの干渉を憂慮《ゆうりよ》せねばならなくなったからだ。

「気取られたというのは、まだ大袈裟《おおげさ》であろう。我らがことを嗅ぎつけるところまでは行ってはおらぬようじゃからの——より正しくは、芽を摘んだ後の有り様に、違和を感じ始めた同心がおるらしいとのことよ」

頰の垂れた輪郭をした影から皆を宥める話が出されたが、それでも安堵させるには至らない。

「いずれにせよ、気に掛けておかねばなるまい」

「本来無縁であるべき小僧なんぞを連れ回すようなことをするからじゃ」

また、憤懣《ふんまん》がそこへ帰ってきた。

「お待ちあれ。同心が我らの始末へ違和を感じ始めたことと、あの子供とに、何か確かな関わりがありましょうか」

「所縁《ゆかり》なき小僧を関わらせるようなことをやっておるゆえ、このような中途半端な始末になるのじゃと申しておる」

「つまり、あの子供が因《もと》で、同心に気づかれかけたことがあったとは断言できぬ、ということにござりますな」

「子供云々《うんぬん》よりも、町方なぞに不審を抱かれていることのほうが重大じゃ。やはり、あの者らに芽を摘ませんとしたは、早計ではなかったか」

「いまだ壱の小組が戻ってこない状況では、他に手立てがなかったことは、皆が承知にござりましょう――あの者らは、疑いはあれど実際に芽吹きがあるかは不明なところのみへ出しておりまする。

その結果、偶々《たまたま》二度とも実際の芽吹きであったことが判明致しました。もし出していなければどうなったか――あえて口に出すまでもござりますまい」

「なれど、出した結果今の危うき状況を作り出すことになったのも、また事実ではないか」

「代案があったなればご提示いただきたい。得心できるような手立てなれば、愚《ぐ》僧《そう》に限らず皆が同意致しましょうぞ」

　この言葉に、不満を述べた固太りは押し黙った。

　代わって別の者が細身の影と問答を続ける。

「で、天蓋がことはどうする」

「あの者の振る舞いで、実際何か故障（支障）が起こっておりましょうか」

「無益な者を重大な場へ伴うような無謀をしでかした上、町方に気取られかけておるのだぞ」

「町方に気取られかけていることへ天蓋が直接咎あるわけではないとは、先ほどのお話の中でご了解いただいたはず。また、天蓋があの子供を伴っておることが無益かどうかは、いまだ定まってはおらぬと存じますが」

「益があるというなればどのようなものか、聞かせてもらおうか」

「天蓋がわざわざかような振る舞いに及んでおるからには、自らの小組に存分な働きをさせるために必要と、考えておるからにござりましょう」

　この返答を聞いて、また固太りが割って入った。

「ただの小僧ぞ。いったい何の役に立つというのだ」

「それを見極めるために伴っておるのだと」

細身の影の言い草を聞いた固太りは失笑した。

「馬鹿な。どう役に立つか判らぬ者を、最も大事な場に引き連れておるだと」

「そうでもせねば間に合わぬほどに、今は切迫しておるのではござりませぬか」

天蓋の処罰を求める固太りは、一拍置いて重々しく言った。

「ことが大事に至ってからでは遅いゆえ、このように申しておる」

相手の細身も負けてはいない。

「なれば、天蓋をはずしますか。そうすると、あの者らを動かすことはかなり困難になると思われますが」

「天蓋でなくとも、小頭が勤まる者はおろう」

「あの者らは、いわば天蓋が手塩に掛けて育てた子飼い。他の者に任せて満足に動かせるかは、はなはだ危ういものがあろうと存じます。そうでなくとも、皆様がはらはらなさるような覚束《おぼつか》なさで、ようやっと勤めをこなしておるのですからな――それとも樊恵《はんけい》様、御坊自ら、あの者らを率いてみられますか」

天蓋の処罰を求める固太りの影、樊恵と呼ばれた男は、この提案に口を閉ざした。

一座を取りまとめる立場の上背がある僧侶は、論争相手である細身の影を「知《ち》音《いん》、口が過ぎるぞ」と咎めた。論争相手の知音は、一揖《いちゆう》して謝罪の意を示す。

「なれば、今しばらくこのまま見守る——ただ今の状況を鑑《かんが》みるに、あれほど辿々《たどたど》しき者らでも、動かすのをやめれば我らの仕事はとても回りかねる有り様ゆえな」

上背のある僧侶が、そう結論を出した。

「ですが万象《ばんしょう》様、もし天蓋の振る舞いが大きな害となったときは」

樊恵が口を出す。一座をとりまとめる立場の万象が、はっきりと応じた。

「当然、責めを負わせることとなろう」

「その場合、ことは天蓋だけでは済むまいの」

固太りの樊恵は、私情を差し挟んでなどいないように装いながら提起する。

「無論のこと、覚悟はしておりまする」

樊恵の論争相手であった細身の知音が、自身ではっきりと口にした。

この物語の時代、江戸の南町奉行は、筒井伊賀守《つついいがのかみ》だった。幕閣の様々な職種にあって、群を抜いて在職中の死亡が多いといわれる町奉行の激務を、文政《ぶんせい》四年（一八二一）から十年以上の長きに亘《わた》って遂行し続ける能吏《のうり》である。

現代ではさほど名を知られていない人物だが、同時代の人々からは大岡越前《おおおかえちぜんの》守忠相《かみただすけ》などと比肩《ひけん》され、名奉行の一人として高い評価を受けている。

南町奉行所臨時廻り同心の小磯文吾郎は、奉行の下城、御番所帰着後に呼ばれて執務部屋へ伺候《しこう》した。俗に三廻り（定町廻り、臨時廻り、隠密廻りの三職のこと）と称される、町奉行所同心でも花形のお役目に就く小磯は、「お奉行へ直接ご報告致したきことあり」と事前に内与力《うちよりき》へ話を通していたのだった。

実際には年番方《ねんばんかた》与力などの指図を受けることもあるが、制度上でいうと、三廻りの同心は与力の下につかず奉行直轄《ちょっかつ》となっている。ちなみに内与力とは、幕臣ではなく奉行個人の家人《けにん》（家来）が就くお役目であり、いわば町奉行の私設秘書官的役職だった。

小磯が「直接ご報告致したき」といった用件は、浅草田圃で起こった辻斬りの一件と、宮益町身延屋での殺しの関わり合いについてである。奉行の他には内与力一人だけが立ち会った部屋で、小磯はことのあらましと己の存念を淡々と述べた。

「そうか」

途中口を挟まず小磯の話を聞き終えた奉行の筒井が発した言葉は、それだけだ

「いかが致しましょうや」

小磯も、感情を態度に表すことなく問う。「忘れよ」と言われれば、そうするつもりだった――いや、定町廻りの武貞や岡っ引きの稲平に宣したように、一件の裏を探ることをやめはしないだろうが、奉行所同心としての仕事とは切り離し、あくまでも己一人の存念で進めるつもりであった。

「どうもせぬ」

それが、筒井の応えだった。小磯は遠慮することなく、真っ向からお伺いを立てた。

「それがしにも、どうもせぬようにと?」

文机の前に座って書類の束に目を通しながら小磯の話を聞いていた筒井は、ちらりと視線を上げた。

「調べるのが、そなたらの勤めであろう」

「は、仰せのとおりにございます」

「では、己の職分に励め」

「……承知致しました」

用件が済んだ以上、多忙な奉行をいつまでも煩《わずら》わせているわけにはいかない。挨拶《あいさつ》をして退出しようとした臨時廻り同心を、筒井は「小磯よ」と呼び止めた。

「は」

「もしそなたの懸念が当たっておったときには――」

「余人に報せず、まずお奉行に」

「うむ。市中の殺しなど全て任せてもらいたいものだが、なかなかそうもいかなくての。何の根回しもないまま、ことが公《おおやけ》になると余計な波風が立ちかねぬ」

「承知しております」

「そこまで察しておったがゆえに、こうやって事前に報せてくれたのだろうしな――ただし、調べに手加減は要らぬ。そなたの考えるとおり、思う存分やるがよい」

はっきりと言い切った。

小磯は両手を畳について深く頭を下げ、奉行の肚を据えた命を受け止めた。

二

大川には、冬の寒い時期であっても大小の船が数多く往き来している。多くは荷船や渡し舟など仕事で使われている物だが、釣り客を乗せているといったような、道楽で浮かべられている舟も少なくはなかった。

障子《しょうじ》を閉《た》てた屋根舟が一艘、吾妻橋《あずまばし》を潜《くぐ》って上流へと上っていく。もし中にいる客が町人なら、囲いや垂れなどで中が見えないようにした舟や駕籠に乗るのは本来御法度とされているのだが、そこまでうるさいことを言う役人はほとんどいない。ましてや、暮れも押し詰まった寒い時期となれば、見逃されるのが当たり前の光景になっている。

屋根舟は浅草河岸《あさくさがし》を過ぎたところで山谷堀《さんやぼり》に入らず、さらに川の本流を上り続けているところからすると、吉原へ向かう飄客《ひょうかく》ではないらしい。ちなみに浅草蔵前《くらまえ》辺りから上流は、同じ流れが浅草川とも呼ばれている。

さらに流れを遡る舟は、賑やかな町並みが続く浅草側ではなく、土手下で人家もほとんどなさそうな川の東岸、向島《むこうじま》側へと舳先《へさき》を向けていった。岸に着けても葦原《あしはら》や田畑ばかりが広がっている場所近くの流れなら、それだけ通る舟も少ないわけだから、屋根舟は混雑する浅草側を避けて東へ寄った、ということかもしれない。

人影もまばらな向島側の陸《おか》は、この二日ほど降り続いた雪で一面白く覆われていた。舟が岸近くへ寄ったことで、白一色の世界にも複雑な陰影のあることが、次第にはっきりしてくる。

すると、川風が吹き渡る中、細めに開けられていた屋根舟の障子がガラリと音を立てて大きく開いた。中で座っていたのは、年老いた夫婦者と思われる男女だった。

着ている物の色や柄は大人しげだが、生地や仕立ては決して悪くない。どうやら、どこかそれなりの商売をしている商家の、隠居らしかった。

「寒くはないかい」

老人が、妻を気遣って問うた。老妻は、おっとりと答える。

「ええ、こうやって火鉢に当たらせてもらってますから、大丈夫ですよ」

老人は、障子から顔を突き出すようにして向島の土手を見上げる。

「見てごらん。まるで、満開の桜のようじゃないか」

隅田堤《すみだつつみ》、墨堤《ぼくてい》などと呼ばれる土手の上には、八代将軍吉宗《よしむね》の命で植えられたといわれる桜並木が続いていて、年も明けぬこの時期だと花見にはまだずいぶんと間があるものの、見方によっては確かに、木々に積もる雪がまるで満開の花のようだった。

「あんまりはしゃいで冷たい風に当たってると、後で風邪を引きますよ」

妻の忠告も、老人の耳には届いていないようだ。

「こんな楽しみがあるなんて、見世を切り盛りしてたときには、思いも寄らなかったねえ」

顔を突き出し加減にしたまま独白する。夫の子供のような姿に、老妻は穏やかな目を向けた。

煤払《すすはら》いや餅《もち》つき、門松《かどまつ》の支度といった年の瀬の行事は終わっているものの、見世は大晦日《おおみそか》の掛け取り（当時の商慣行で一般的だった「付け払い」において、盆と暮れの年二回にまとめて行われる集金のこと）に備えて、大福帳《だいふくちょう》の確かめや得意先回りの段取り決めなどで大童《おおわらわ》だった。

息子に身代をそっくり譲り渡した隠居は、新たな主に据えた息子や奉公人ら皆が忙しそうにする中、やることもなく独りぽつねんとしていた。見かねた老妻が、こうして雪見に誘ったのだった。

　雪見は、江戸期には花見に劣らぬほど盛んだったとも言われる。実際、積雪は道端に除けてあってもぬかるんで歩きづらかろうに、土手の上を幾人もの人の行き交う姿が見られた。

「なあ」

　隠居が、外を見たまま言い掛けてきた。

　と、船縁《ふなべり》でポチャンと、水音がした。

「なんですねえ」

　そう問い掛けたが、返事がない。すぐ目の前で鮒《ふな》か何かが跳ねたのに驚いたのかと思ったものの、それにしても呼び掛けてきた後の間が長かった。

「お前さん？」

　見世を譲ったことに、今さら後悔を覚えているのかと思いながら、老妻は隠居を呼んだ。

　近くを荷船でも通ったのか、舟がいままでよりもやや大きく揺れる。

　その揺れに振り回されるようにして、隠居はぐらりと体を倒してきた。

「お前さんっ！」

老妻が大きな声で呼んだ。

隠居は、全く反応しようとはしなかった。

年が明けると、元日は家族に住み込みの奉公人も加えてのんびりと過ごし、二日三日は年始の挨拶回りをしたり、逆に年始回りの客を迎えたりして終わってしまう。

近在の六、七箇所の寺社で祀《まつ》られている七福神を残すところなく全て詣《もう》で、福をもたらしていただこうという「七福神巡り」は、元日から七日までの間に行うのが習わしだが、日ごろから家族を大切にし、それなりに周囲との付き合いもある人物がこれをやろうとすると、実際に回るのは四日以降ということになる。

そこで、本所《ほんじょ》は中《なか》ノ郷横川町《ごうよこかわちょう》に住まう瓦《かわら》職人の親方仙造《せんぞう》が、気心の知れた同業の連中と七福神を巡るのは、「天気がよければ五日の日に」ということに決まった。

江戸で七福神に宛てられる寺社群はいくつもあり、仙造の住まう横川町から遠くないところで捜しても、亀戸《かめいど》七福神、深川《ふかがわ》七福神などを挙げることができるが、一行が巡るのは向島七福神になった。隅田七福神とも呼ばれるこの地の七福神巡りが、最も有名だった――言い方を変えると、御利益《ごりやく》がありそうだったからだ。

当日五日は、朝からよく晴れていた。仙造らの一行は、顔を合わせるやさっそく七福神のお参りへと出発した。たった半日の精進潔斎《しょうじんけっさい》だが、それを「落とす」と称して終わった後に皆で行う酒盛りが本当の目的だ。

七福神巡りには、いちおうの順番というものが決められている。向島七福神では、第一の寺社は毘沙門天《びしゃもんてん》を祀る多聞寺《たもんじ》だ。向島七福神では一番北に位置する寺社だが、ここから次第に己らの住まいへ近づいてくる参詣の道筋は、仙造らにとっても都合がよかった――とはいえ、元々が江戸の市中から詣《もう》でに来る人々にとって便利がいいように考えられた順番なのであろうが。

七福神巡り最初の目的地ということで、仙造ら一行は念入りに拝んで多聞寺を後にした。次は、寿老人《じゅろうじん》への参拝のため白鬚明神社《しらひげみょうじんしゃ》へ向かう。

ちなみに、実際のところ白鬚明神社に寿老人は祀られていない。向島の隅田堤近辺で七福神を取りまとめようとしたところ、寿老人を祀った場所だけが見当たらず、「白鬚」という神社の呼称からの連想で擬《ぎ》されただけなのだ。

多分にご都合主義だが、寺社巡り自体が半ば以上娯楽化していた当時は、それでよかったのだろう。仙造ら一行も、「寿老人は白鬚明神社」という思い込みに疑いひとつ挟むことなく、七福神二番目の寺社へと足を向けた。

「何の変哲もねえ、ただのお社《やしろ》だねぇ」

仲間の一人が、明神社の佇《たたず》まいを眺め渡しながら言った。

「土地の方々もいらっしゃるんだ。滅多なことを口にするんじゃねえぜ。ここは、村の鎮守様《ちんじゆさま》だぁな」

別の一人が、最初の男を窘《たしな》める。仙造と同い歳で仲もよい、佐吉《さきち》だった。

「おうよ、いかにも向島らしい、鄙《ひな》びたいいところじゃねえか」

仙造も、周囲の景色を見回しながら同調する。

ここへ来る途中に、仲間の誰かが白鬚明神社のことを「魚や虫、小鳥の名所だ」と言っていた。さすがにこの時期、虫などの鳴く声は聞こえてこないものの、雁《かり》らしい水鳥が優雅に飛んでいくのが見える。

風流とはこういうことを言うのかと、嗜みのない仙造がふと思った。

「その言葉、土地の皆さんの耳に褒《ほ》め言葉と聞こえるかねえ」

最初の男を窘めた佐吉が苦笑する。

パシリ。

その耳元で、何か小さな物がどこかに当たる、鋭い音がした。

「？」

何の音だと周囲を見やると、不意に仙造がぐらりとよろめいた。そのまま、地面に倒れ込んでしまう。

「おい、仙造っ」

驚いた仲間たちの呼び掛けにも反応しない。

パシリ。

また、同じような音が響いた。

しかしながら、佐吉がそれをしかと認識することはなかった。今度頽《くずお》れたのが、仙造を抱きかかえようとしていた佐吉自身だったからである。

それから騒ぎはますます大きくなり、一行にとっての七福神巡りは――そして、その後の精進落としも、二番目の寺社に到着したところでみんな取りやめとなった。

僧侶にとり、托鉢《たくはつ》に歩いて己が生きていくための糧《かて》を得ることも、重要な修行のひとつである。そうした修行途上にある学僧は、所属する寺が大きければ大きいほど多い。金竜山浅草寺とこれに付随する二十もの塔頭《たっちゅう》からは、今日も早くから多くの托鉢僧が市中へと歩み出していた。

托鉢僧たちは、ときに辻や橋の袂などに佇み念仏を唱えながら、道行く人からの喜捨《きしゃ》を待つこともあるが、家々の戸口の前に立ち、あるいは商家の暖簾が下がる店先に立って読経し、その家の者からの報謝を得ることも頻繁《ひんぱん》に行った。説明は様々にできようが、歯に衣《きぬ》着せずに言うならば、そのほうが必要なだけの物を得るためには手っ取り早く、かつ効率的だからである。

しかし、中には人の家の門口に立つことなく、ひたすら歩き続ける修行僧の姿もあった。施しを手にして近づいてくる者がいればありがたく頂戴するが、辻や橋の袂に立つこともない。まるで、托鉢を目的に歩いているというよりも、町中へ目立たぬように溶け込むための扮装《ふんそう》をしているような振る舞いだった。

その日一日を暮らすにも十分な糧を得られているとはとても思えない歩き方をする僧侶が、毎日十人以上も浅草寺の山門を出、江戸中に散らばっていく。その者らの足は、遠く品川《しながわ》や内藤新宿《ないとうしんじゅく》、亀戸や千住《せんじゅ》といった、江戸の境を越えるところまで延ばされていた。

そうした僧の一人が、神社の境内で起こっている騒ぎを聞きつけて足を止めた。鳥居を潜り、躊躇《ためら》いなく中へと踏み込んでいく。なお、僧侶にあっては他の寺の仏を拝むようなことも往々にして行われており、また江戸期までは仏教の諸仏と神道の神々を同等視する考え方がごく一般的だったため、この僧侶の行動は全く不自然ではない。

「もうし、教えてはくださりませぬか」

僧侶は、人垣でできた輪の中を覗き込んでいる一人に声を掛けた。振り向いた野次馬は、相手が坊さんだと知って少々丁寧なもの言いになる。

「なんですね」

「何か、ここで起こったのでしょうか」

「ああ、行き倒れが二人出たそうだ」

「行き倒れ？　しかも二人も——旅のお方か何かでござりますか」

「いや、七福神巡りの途中だったとかいう話だねえ。仲間らしい連中が、慌ててたよ」

「お仲間というと、行き倒れた二人というのは同じご一行で？」

「ああ、そんなふうに見えたがね」

「七福神巡りということは、江戸のお方にござりますな。するとご隠居様か何かで」

「どうかねえ。隠居するにゃあ、まだ若えように見えたがねえ」

これは、話を聞いていた相手の隣に立った男だった。二人のやり取りへ、横から入り込んできたのだ。

僧侶は、今度はこちらの男に問う。

「あなた様のほうは最初から見ておられた?」

「まあ、倒れたって騒ぎが起きたところからだけどね」

「まだ若いお仲間が二人一緒に倒れられたということは、食中《しょくあた》りか何かでしょうか」

「どっちも怪我をしたみたいに見えたけどね。両方とも、額からたいそう血を流してたよ」

「すると、仲間内の喧嘩《けんか》にござりますか」

「はてねえ。怒鳴り合ってるような声は聞こえてこなかったけどね。まあ、ここへ来る前に角《つの》突き合わせてたのが、どうにも堪《こら》えきれなくなって互いにポカリ、ってことかもしれないけどね」

そんなことを話しているうちに、どこからか戸板が運ばれてきた。野次馬の人垣が割れて、戸板が人の輪の中へ持ち込まれる。そのときに、僧侶にも中の様子がちらりと見えた。

ぐったりとした男たちが、戸板の上に乗せられるところだった。その顔面は、確かにいずれも赤い血で染まっているようだ。

戸板に乗せられた男二人は、周囲を仲間らしき者らに囲まれ運び出されていった。神社の社務所にでも運ばれるのか、あるいは医者のところへ連れていかれるのかまでは判らない。

人垣はもう崩れつつあったが、囁き交わす声が僧侶の耳まで届いていた。

「駄目だったようだ」

「二人ともかい？」

「肌の色は、もう死人みてえだったしな」

「急にぶっ倒れたんだって？」

「仲間が気づいたときにゃあ、ぶっ倒れた後だったってよ。二人目も、立て続けだったそうだ」

「何があったんだい」

「はてね。仲間も、何が何だか判らず泡《あわ》ぁ喰ってたって聞いたぜ」

「そりゃ、仲間が二人も続けてそんなことになりゃ、泡も喰うだろうさ」

ただの憶測なのか確実な話なのかも不明なやり取りを耳にしながら、僧侶の目は運ばれていった戸板のほうへ注がれたままだった。

三

白鬚明神社の一件が臨時廻り同心の小磯の耳にまで届いたのは、二、三日経ってからのことだった。

「額の真ん中に穴が開いた遺骸《ほとけ》が出たって?」

勢い込んで問うた相手は、定町廻り同心の村田直作《むらたなおさく》だった。村田はいわゆる「川向こう」、大川以東の深川、本所、向島を持ち場にしている。

「ええ、そうらしいですね」

「そうらしいって、お前さん、ずいぶんと悠長なことを言ってるじゃねえか」

村田にすれば、小磯の昂奮《こうふん》のほうが不可解だ。ともかく、経験豊富な先達の同心に対して、得心してもらうべく理由を口にした。

「死人が出たのは向島の白鬚明神社、寺社地ですぜ。それになにより、ことが起こったのはこの五日、月番が北町奉行所《きたまち》になってからです。下手《へた》な手出しはできませんや」

町方が事件の探索や民政に携《たずさ》わるのは制度上、江戸の全域ではなく、町人地だけに限られる。寺、神社、及びその付属地である寺社地は寺社奉行所の、大名屋敷や旗本屋敷などの武家地は大目付《おおめつけ》や目付の管轄となるのだ。さらに、月が変わって新規案件を受けつける窓口が北町奉行所になった後の出来事となると、南町の同心としては、確かに顔を突っ込むことすら憚《はばか》ったであろう。

小磯は、ムウと唸って黙り込んだ。

村田がこれで解放されるかと思っていると、臨時廻り同心はさらに粘ってくる。

「お前さんはその遺骸の様子について、どれだけ知ってる」

「どれだけって、さっき小磯さんがおっしゃったことで全部ですよ。白鬚明神社で眉間の上に穴が開いた死人が二人出た、それだけです」

「……どうにか、もっと詳しい話を聞く手蔓《てづる》はねえかい」

それは、と言葉を途切らせた村田は、妙な目で小磯の顔を見返した。

「小磯さん、なんでそんなに執心してるんで？」

問われた小磯のほうが、今度は口を噤《つぐ》んで考える。

こたびの調べについて奉行の筒井に直談判《じかだんぱん》し裁可を受けた際、この一件に手をつけるのは上つ方の意向に逆らう行為かもしれないという印象を強くした。ならば、同僚相手とはいえ下手なことは口にできないし、また関わり合わせる必要が薄い者まで巻き込むべきでもない。

「ちょいと、別件の調べと関わりがあるかもしれねえと思ってよ」

無言でこちらを見ている村田をちらりと見返す。溜息をついてみせた。

「お奉行から直々《じきじき》のお指図だ」

己の望みを通すために、ここまではやむを得まいと考えての言葉だった。

「お奉行から直々……」

村田はますます困惑する顔になっている。

「ここだけの話だぜ」

小磯は口止めを忘れなかった。

翌々日、定町廻り同心の村田は小磯を向島の須崎村《すさきむら》というところへ連れていった。

　須崎村は向島の中では南西のほう、小磯が着目した一件のあった白鬚明神社からは、十五町（一・五キロ強）ほど南に位置する。風光明媚《ふうこうめいび》な場所で、三囲《みめぐり》稲荷《いなり》のような神社仏閣や高名な料理屋なども近くにあり、江戸市中から離れているにしては人の往来が多かった。ために、水茶屋なども商売をしている。

　村田が小磯を伴ったのは、そうした水茶屋のうちの一軒だった。通りから少しはずれた脇道に建っており、まだ寒い正月だということもあって閑散としていた。

　村田と小磯が顔を出すと、たった一人見世の縁台に腰掛けていた男が立ち上がって二人を迎えた。

「おいらが手札を預けてる、牛頭《ごず》の勇吉《ゆうきち》という男です――勇吉、こちらは臨時廻りの小磯さんだ」

　紹介を受けて、勇吉は「よろしくお願《ねげ》えしやす」と頭を下げてきた。

　四十手前ほどであろうか、がっしりとした日に焼けた男だ。牛頭という通り名は、あるいは近くにある牛《うし》の御前《ごぜん》（牛頭天王《ごずてんのう》などを祀っている神社。須崎村の西部にある）から取られたものであろうかと、小磯は思った。

「おう、世話ぁ掛ける。よろしくな」

小磯は短く挨拶を返した。

「お前さんの縄張りにゃあ、もっと北のほうまで含まれてんのかい」

小磯は、ざっくばらんに勇吉へ問うた。村田が代わりに答えてくる。

「こいつの縄張りは、この先五町ばかり北を東西に流れてる、請地古川《うけちふるかわ》って川からこっちです。せいぜいがとこ、長命寺《ちょうめいじ》や秋葉権現《あきばごんげん》辺りまででして」

村田が、勇吉の顔を見ながら説明した。勇吉は己の旦那の言葉に頷いている。

がっかりする顔になった小磯に、定町廻り同心は弁解を口にした。

「確かに白鬚明神社のほうを縄張りにする岡っ引きにも、やろうと思えば声は掛けられましたけど、そうすると北町奉行所《きたまちぶぎょうしょ》や寺社奉行所の領分へ、正面切って手ぇ突っ込むことになりかねませんので」

「……確かに、そいつはマズイな」

小磯も納得せざるを得ない。

「なぁに、こいつは大え図体《でけずうたい》してながら如才《じょさい》のねえとこがありまして、周囲の御用聞き連中からも可愛がられておりやす。たいていのこたぁ、こいつが訊きにいきゃあ教えてくれるはずで」

「そうかい、そいつぁ頼もしいや」

小磯が持ち上げたところで、村田の腰が浮いた。

「じゃあ、おいらはこの辺で——勇吉、しっかり小磯の旦那のお役に立つんだぜ」

そのまま二人を置いて出ていこうとする村田を、小磯は「ちょっと待ってくんねえ」と止めた。村田の要請に「へえ」と返事をしながらも、どこか不安そうな勇吉の様子を眺めながらのことである。

村田が渋々腰を落ち着け直すのを横目で見ながら、小磯は勇吉に問うた。

「お前さん、おいらのこたぁ以前から知ってたかい」

「へえ、お噂だけは」

何が言いたいのかといぶかりながらも、勇吉が応ずる。

小磯は真っ直ぐに勇吉の目を見ながら先を続けた。

「なら、おいらは頭の固《かて》え唐変木《とうへんぼく》だけど、嘘だきゃあつかねえ正直者《もん》だって話も聞いてるよな——そのおいらが、お前さんにはっきり言っとく。

いいか、この一件の尻は全部おいらが持つ。おいらの指図でお前さんが動いたことについて、捻《ね》じ込んでくるような野郎がいたら、そいつが誰だって構わねえ。みんな、おいらんとこへ回してきな。お前さんに迷惑は掛けねえ。全部こっちできっちり始末つけるからよ」

定町廻り同心とその手先の岡っ引き、二人を等分に見やりながら、はっきりと断言した。村田立ち会いの下で勇吉に話したのは、無論のこと村田にも聞かせるためである。

奉行からのお指図があるとしても、それを受けたのは村田ではなく小磯である。村田にすれば、他人の領分へ横槍を入れるような所業を手伝わされるのは、迷惑以外の何物でもないはずだった。小磯は村田に対し、その結果起こることの全責任は自分が取ると保証したのだ。

小磯が村田のいる前で自分の所存をはっきり述べたということは、勇吉にとってもありがたい話だった。もし小磯が白《しら》ばっくれるようなことがあっても、村田が自分の後《うし》ろ盾《だて》となって庇《かば》ってくれるだろうと、「ある程度」は期待できる。

「ある程度」と限定したのは、小磯も村田も同じ同心であり、ただの岡っ引きにしか過ぎない自分とは身分が違うからだが、常々そこまで疑っていては、村田の手札で今の仕事を続けることなどできはしない。応分の危険は、普段から覚悟の上のことだった。

小磯に性根《しょうね》を見せつけられれば、勇吉としても俠気《おとこぎ》に感じぬわけがない。

「よっく判りやした。江戸はずれの鄙びた土地に巣くってるただの半端者でございやすが、あっしにできる限りは勤めさせていただきやしょう」

老いた臨時廻り同心の顔をしっかり見返し、胸を張って返答した。

小磯が満足げに頷く。

責任逃れのできることが明らかになってほっとしていた村田は、己の手先の張り切りようを見て、立ち去り際にちょっとつまらなそうな表情になっていた。

村田が水茶屋を出ていって二人きりになった後、勇吉は小磯に改めて問うた。

「小磯の旦那。旦那はこたびの一件について、どこまでご存じで」

「どこまでって、ほとんど何にも知らねえや――ただ、七福神巡りをしてた野郎が二人、白鬚明神社で額の真ん中に穴ぁ開けられておっ死《ち》んだってことだけさ」

「旦那がご存じのことと大《て》して《ぇ》違いはありやせんが、それじゃあ、あっしが知ってることをまずはご披露致しやしょうか」

「ほう、さっそく付け足してくれんのかい」

小磯は嬉しげな反応をみせた。

「なぁに、ほんの少しだけで――何しろどこまで突っ込んでいいんだか、まだ判りやせんでしたので、周りに気にされねえ程度に噂を聞き込んだだけでして」

「助かる。教えてくれや」

小磯の率直な返事に、勇吉は「へい」と承《うけたまわ》って己の知るところを述べ始めた。

「死んだなぁいずれも本所の中ノ郷横川町に住まいと仕事場を置く瓦職の親方で、仙造と佐吉って男どもで。旦那のおっしゃったとおり、同業の親方連中と講《こう》を組んで七福神巡りを正月の五日にやらかしたところが、二番目の白鬚明神社でぽっくり逝っちまったってこってす。

どうやら、白鬚さんに行き着いて仲間とああだこうだ馬鹿話をしてたところ、急に伸びちまったって話でした。びっくりした仲間が抱き起こしてみると顔中血だらけで、そんときにゃあもう、虫の息だったってこって。白鬚さんの社務所に運び込んだんですけど、医者が着いたときにゃあ二人ともすでに冷たくなってたって聞きました」

「傷は額にあったんだよなぁ」

「ええ、顔の真正面、眉間のちょいと上だそうで。ちょうど、寺のご本尊《ほんぞん》のおでこにあるポッチとおんなし辺りだって、あっしが話を聞いた野郎は言ってました

――こいつは巳之吉《みのきち》っていう名で、仙造たちが住まいする中ノ郷辺りを縄張りにしてまして。北町の旦那から手札をいただいてる御用聞きなんですけどね、あっしたぁ修業時代におんなし親分の下で一緒に駆けずり回ってたことのある仲でして」

話が横道に逸れたが、小磯は咎めるでもなく己の訊きたいことを問うた。

「ほう。二人の亡骸《なきがら》は、すんなり町方へお下げ渡しになったってかい」

「ええ、こいつは殺しじゃねえだろうってことになったみてえでしてね」

小磯の目が鋭く光った。

「殺しじゃねえって？　寺社奉行所が、そう断じたってかい」

「へえ、巳之吉のほうにしても、そんなふうに疑っちゃあいねえようでしたけど」

一度に二人も死んだのだから十分妙な話ではあるのだが、臨時廻り同心が何に引っ掛かっているのか、具体的な心当たりはないようで、勇吉は話を聞いたときのことを思い出しながらも不思議そうに答えた。

「て、こたぁ、いずれの怪我も刃物傷にゃあ見えなかったってこったな」

「医者の診立てじゃ、親指の先ぐれえの丸っこいモンじゃねえかってことだったみてえですね――そういや巳之吉の野郎、『どっかの寺のご本尊とおでこをゴッツンコして、向こうの出っ張りの分凹《へこ》まされちまったみてえな傷だった』って言ってました」

だから先ほど、「寺のご本尊のおでこにあるポッチとおんなし辺り」などという言い回しが口から出てきたのだろう。

――刃物傷じゃねえ……。

すると、己の勘ははずれていたことになると、小磯は思った。死人が受けた傷の場所からして、身延屋の主夫婦や浅草田圃の武家と同じ手口で殺されたのかもしれないと飛びついてしまったのだ。

――早呑み込みだったかねえ。

心の中で苦笑したが、顔には出さなかった。話の流れによっては早々に引き揚げるつもりで、残った疑問を口に出す。

「なら、何で死んだんだと、寺社方や巳之吉の親分は考えてるんだい」

「寺社方のお役人の考えはあっしらなんぞのとこまで下りてきやしませんけど、遺骸を下げ渡したときの口ぶりからすると、どうやら空から石が降ってきたと考えてるようですねえ」

「なんだ、空から石だと？」

驚いた小磯に、勇吉は己も半信半疑なのだがという口調で続ける。

「へえ、どっから来るんだか知りやせんけど、何でも空の高《たけ》えとこから石が降ってくることがあるんだそうでして。仙造と佐吉は、運悪く偶々落ちてきたその石に当たったんだろうってことになったようでやす」

「親指の先ほどの石っころでも、人が死んじまうほど高くからかい」

小磯は、化かされねえぞと疑り深げに空を見上げる。

自分がでっち上げたわけでもないのに、妙な話をご披露した勇吉のほうが何だか申し訳なさそうだ。

小磯は気分を変えて、さらに問いを重ねた。

「で、その石っころってえのも見つかってんのかい」

「ええ、どうやらそれらしい血に染まった石っころが、二人の倒れた近くに一つずつ転がってたそうです」

小磯は、ふーんと生返事をしたまま何か考え込み始めたようだった。

勇吉が話した「空の高えところから降ってきた石」というのを現代の視点から見ると、おそらく隕石《いんせき》のことを指しているのだと思われる。もし人に当たるようなことがあれば頭蓋《ずがい》の内側まで貫通しそうな気がしないでもないが、昔は「屋根を突き破って落ちてきた隕石が、床で弾んで人に当たった」などという報道がなされたこともあった。隕鉄《いんてつ》などよりは比重が軽い物だと、たとえば木の太い幹を貫通した後などなら、そういうことも起こるのかもしれない。

しかし、隕石が燃え尽きもせず地上まで到達し、しかもそれが人に当たる確率となると、文字通り「天文学」的に低い数字となろう。ましてや立て続けに二人、しかも同じ額の真ん中に直撃を受けることなど、まず起こり得ることではない。「空から降ってくる石」の出所も仕組みも知らないから口にできたことであったろうが、たとえそうであったにせよ、寺社奉行所は殺しではないと見切りをつけたがゆえに、このようないい加減な理屈立てで済ませたのだと思われる。

科学的な知識など小磯にだってあるものではないが、寺社奉行所の役人がでっち上げた見立ての胡散臭《うさんくさ》さはどうにも鼻についていた。同じ役人である。小役人の考えそうなことなら、簡単に推量できるのだ。

考え込んでいた小磯がちらりと目をやると、勇吉はどこか居心地が悪そうな顔をしていた。

「何でえ、ナンか他にも言いてえことがあるような顔をしてんじゃねえか――言いてえことがあんなら、遠慮なんぞしねえで吐き出しちまいな」

臨時廻り同心に促されて「へい、実は」と勇吉が話し始めた話に、小磯は再び驚かされることになった。

四

「こっちゃあ町方の扱いでしたし、村田の旦那は白鬚明神社の一件のほうにゃ全く関心を向けませんでしたんで誰も気づいちゃいねえようですけど、実はおんなしような死人が以前にもう一人出てましたて」

「何だと」

「いえね、あっしも小磯の旦那が気にしてるからって、村田の旦那から言われてちょいと調べる気になるまで全く気にも留めてなかったんですけど」

「そんなこたぁ、どうだっていいや。ともかく、その『以前の死人』ってヤツの話を聞かせてくんな」

小磯に急かされ、勇吉は己の関わった一件を話し始めた。

「へえ。日本橋は本材木町《ほんざいもくちょう》の薬種商い、高麗屋《こうらいや》の隠居夫婦が去年の暮れに雪見と洒落込《しやれこ》みやして、江戸橋《えどばし》袂の船宿で屋根舟を誂《あつら》えて、大川を遡りながらこっちの土手のほうを眺めてたと思っておくんなさい。隠居は舟の障子を開けて、半分身を乗り出すようにして川からの景色を眺めてたそうですけど、寺島《てらじま》の渡し舟が往き来してるとこよりちょいと先へいったとこで、急にパタンと倒れちめえやして、それからぁ大騒ぎになりやした」

ここで、小磯は「ちょいと待ちな」と勇吉の話を止めた。

「死人が日本橋本材木町の薬種商いで、死んだのは寺島の渡しの先だってえことんなると、どうしてお前さんが関わってくる」

寺島の渡しは、浅草山谷橋場町《さんやはしばちょう》と寺島村の間で大川を渡す舟である。村田から聞いた勇吉の縄張りの境よりも、ずっと北のほうに渡し場はあった。

「へえ。それが、隠居が倒れたんで屋根舟は急いで戻り始めたんですけど、船宿までえっちらおっちら漕いでたんじゃあ、とうてい間に合わねえってことんなって、竹屋《たけや》の渡しんとこで渡し場に舟を寄せて救けを求めてきたんで。そいで、あっしが出張ったってこってして」

竹屋の渡し、別称待乳《まっち》の渡しは、寺島の渡しよりも十数町下流で舟を往き来させており、向島側の渡し場は三囲神社の北西の角から土手を越えて川へ真っ直ぐ下った辺りである。この渡し場で怪我人の騒ぎが起きたなら、確かに勇吉の出番となったろう。

「そうかい、話の腰を折って済まなかったな。先ぃ続けてくれい」

「へえ――と言っても、もう大《てえ》して話すこたぁ残っちゃいねえんですけどね。報せを受けてあっしが着いたときにゃあ、医者が先に着いてましたけど、もうどうにも手の施しようがなかったようで」

「その隠居も、額に親指の先ぐれえの丸っこい物が当たって怪我を負ったってかい」

「傷を見た限りじゃあ、確かにそんなふうに見えやした」

「で、隠居夫婦が雇った屋根舟の中でも、そのぐれえの血にまみれた石っころが見っかったのかい」

「いいえ、そんな物ぁ見当たりませんでしたけど、隠居が倒れる前に、何か水音がしたって婆さんのほうが言ってましたから、おそらくは川ん中へ落ちたんでしょう」

「そいで、村田の旦那はすぐに、空から落っこってきた石だと、決めつけたのかね」

自分の旦那へとばっちりが及びそうになって、勇吉は慌てて否定した。

「いや、そんなことはありやせん。誰かが細工したような疑いはねえか、きっちりお調べなさいやした——もっとも、見世や家族のほうを調べたのは、綾部《あやべ》の旦那ですけども」

綾部猪四郎《いのしろう》は、神田《かんだ》から高輪《たかなわ》辺りまでを受け持つ南町奉行所の定町廻り同心だ。江戸で一番の賑わいを見せる土地を受け持つだけあって、六人の定町廻りの中でも一番の腕っこきだった。その綾部が調べて何も出てこないならば、まず怪しい点はなかったと思ってよかろう。

勇吉の話は続く。

「ともかく、村田の旦那からあっしが聞いた話だと、隠居の夫婦にも見世にも、誰からも恨まれるような筋合いは見つからなかったそうで。そんでもって形ばっかりじゃなくって、身代はみんな倅に任せた正真正銘《しょうしんしょうめい》の隠居ですから、今さら殺してみたところで得をするような野郎もいねえってことでした。

そいでも怪しい者がいるとすりゃあ、婆さん——隠居の女房ぐれえでしょうけど、あんな歳になっても仲は睦《むつ》まじかったそうで。その婆さんの嘆きぶりは、あっしもこの目で見てますけど、ありゃあとっても芝居たぁ思えません。旦那を亡くした婆さん、ずいぶんと気落ちして、今じゃ見世の奥で寝込んじまってるそうでさぁ」

そこでひと息ついた勇吉は、すっかり冷えた茶で喉を湿し、さらに話を続けた。

「で、村田の旦那とあっしのほうの調べですけど、何かできたとすりゃあ一番怪しいなぁやっぱり婆さんでしょうが、屋根舟の狭《せめ》え座敷ん中で座ったまんま、年寄りのか細い手であんなことができるとはとっても思えねえ。

船頭は一人ですけど、騒ぎがあったときゃあ舟の艫《とも》にいて櫓《ろ》を漕いでますんで、こっちも胴《どう》の間《ま》（船体の中央部）の障子を開けた隠居に悪さができそうにはありやせん――それから話が前後しやしたが、船頭の身元も人柄もしっかりしてるし、これまで高麗屋と特に関わりはなかったと、これも綾部の旦那のお調べで」

勇吉は、自分の話は終わったという顔で口を閉ざした。

「隠居は、馴染みの船宿を使ったわけじゃあねえのかい」

「仕事一筋のお人だったようで――そりゃあ、上得意の接待なんぞはあったでしょうけど、『もう隠居なんだから、仕事絡みのものはみんな倅に譲り渡して、己はさっぱりと忘れちまうんだ』ってえのがこのごろの口癖だったようで」

「それで、船宿も新たに、かい」

「そうそうお付き合いを願うわけじゃあないから、だそうです」

へえ、と感心したように相槌《あいづち》を打った小磯は、これまでの話から的《まと》を絞ったようだった。

「じゃあ、やっぱり『空から降ってきた石』ってヤツに話を戻そうかい——そんな物が、ホントにあるとしてだが、村田の旦那はそういう決着のつけ方で得心したんかい」

「旦那のお話によると、石のことを持ち出したなぁ、綾部の旦那のようですね」

「へえ、綾部さんはよくそんなことを知ってたね」

「そこんところはどうも」

自分の旦那ではないし、よく知らないと勇吉は正直に述べた。

「でもですね、村田の旦那がそんな妙てけれんな話に乗ったのも、他にゃあどうにも考えようがねえからで」

「そうなのかい」

「屋根舟を操ってた船頭によると、隠居が倒れたって騒ぎが起きたとき、舟は岸から一町は離れてたそうです。向島側の岸と手前の舟の間に、別の舟がいたってこともねえようで。

するってえと、もし誰か人がやったことだとしたら、いってえどこから狙ったんでしょうね。強弓《こわゆみ》だってえなら、那須与一《なすのよいち》（源平合戦《げんぺいがっせん》のうちの『屋島《やしま》の戦い』で名を高めた弓の名手）の昔話もありやすから、名人だったら横合いからの川風に矢が流されたって、できねえこともねえのかもしれませんが、当てたなぁ矢じゃなくって石っころですぜ」

「その日の、風の強さは」

「冬の晴れた日ですからね。それなりにゃあ」

江戸では、まだ空《から》っ風《かぜ》（赤城颪《あかぎおろし》）が残る季節。当日も、強風とまではいかなくとも相応の風はあったということだ。遮る物のない川面《かわも》を渡ってくる北風は、町中よりもずいぶんと強くなる。

「お前さんは石だってえ話に得心したようだけど、隠居に傷をつけたのが何だったのか、見つかっちゃいねえんだろ」

「確かにそうですけど、ありゃあ先の尖《とが》った物でつけられた傷じゃあ、ありませんぜ。石っころじゃないとおっしゃるんでしたら、それはそれで構いませんけど、じゃあいってえ下手人は何を使ってあんな怪態《けったい》なまねができたんでしょうね」

先の丸まった神頭矢《じんとうや》（的に突き刺さらぬように鏃《やじり》を木製にした矢）ならでき

ぬこともあるまいと、小磯は思いついた。神頭矢なら当たった後は水面に浮いたであろうが、隠居が倒れて大騒ぎになっている舟では気づく者もいまい。

しかしながら、「雪見の連中が歩く堤の下で、舟が浮かぶ川へ向かって弓を引いている者がいたら、勇吉の耳に噂のひとつも届かぬはずはない」とか、「そもそも先端の軽い神頭矢が横風を受けながら一町以上も飛んで、しかも人を殺すほどの威力を残しているものか」、あるいは「神頭矢の次に白鬚明神社では石を使ったたってえのも、どんなもんだろう」、といった疑問が次々と湧いてきたため、自分でも本気にしかねて口には出せなかった。

「そいつぁまだ謎だが、隠居の屍体を実際その目で見たお前さんに、もう一つ確かめてえことがある」

「へえ、何でござんしょう」

「お前さん、隠居の傷を見てどう思った。額の真ん中についた傷は、上から落っこってきた物が当たったように、斜めに食い込んでたかい？」

問われた勇吉は、何か思い出す顔をしながら、「そういやあ」と言い出した。

「いいえ、上から斜めについた傷のようにゃあ見えませんでした。むしろ、ほとんど真っ正面から当てられたみてえで」

「ほれみろ。『空から降ってきた石だ』ってえご高説は、これでお前さんが自ら打ち消したことにならねえかい。隠居も瓦職の親方連中も、真上を見上げてたたぁ、誰も言っちゃいねえんだろう。白鬚明神社の仙造や佐吉のほうは、途中木の幹にでもぶつかって、斜めに弾かれたのが飛んできたから、『何かこっちへ向かってきたな』と上向き加減になった二人に、真正面からぶち当たったような傷がついたってこともあるかもしれねえ。でもよ、隠居のほうは川に浮かべた舟の上だぜ。どうやったら真正面から当たったような傷のつきようがある？　落っこってくる途中で、正月を待ちきれねえ子供が揚《あ》げた凧《たこ》か、それとも鳥にでも当たったたってかい」

問われた勇吉はじっと考え込んだ後で、ようやく口を開いた。元々が奇妙な一件なので、ところの岡っ引きにきちんと筋を通した上で、下っ引きどもに話を聞き回らせた。『何でもいいから』とくどいほど念を押してのことだったが、隅田堤の周辺で壊れた凧も死んだ鳥の話も、いっさい耳には入ってきていない。

「確かに旦那のおっしゃることは理屈だけど、降ってきた石じゃねえとすると、じゃあ何だってえことになりまさあ。あっしにゃあ、とんと五里霧中《ごりむちゅう》ですぜ」

「お前さんの言うとおりだが、たとえば、いくつも投げつけられたうちの一つがまぐれで当たった、ってことだってねえたぁ言えねえだろ」

白鬚明神社で死んだのが二人だったというところからの連想だ。

「口幅《くちはば》ったいことを申し上げますが、気を悪くしねえでやってください」

「遠慮なんぞしねえで、何でも言ってくれ。そうじゃねえと、おいらの考えも先にゃ進まねえんだからよ。何ごとも、お役目第一だぁな」

勇吉は頭を一つ下げてから、本題に入った。

「じゃあ遠慮なく言わしていただきやすが、いくつも放ったうちの一つってこたぁ、ねえだろうとあっしゃあ思いやす。

同席してた婆さんはどうか知りやせんが、そんなにいくつも石が飛んできて、船頭が気づかねえってこたぁ、ちょいとあっしにゃあ考えられません」

勇吉は屋根舟の話しかしていないが、よくよく考えれば、白鬚明神社の二人のほうも一緒だろう。七福神巡りの真っ最中だったということは、それなりに人出はあったはずだ。いくつも石が飛んでくれば、同道した仲間を含め、周囲の者が誰も気づかないなどということのあるはずがない。

勇吉による当然の指摘で渋い顔になりかけた小磯へ、「それに」と追い打ちが掛けられる。

「屋根舟は、隠居が開けたとこ以外は、障子が全部閉まったままだったんですぜ」

言葉の意味するところはすぐに判った。

「障子に穴なんぞは、一つも空いちゃあいなかったってかい」

「ええ、綺麗なモンでしたよ」

小磯の考えは、どうやら空から降ってきた石より突拍子もないもののようだと、これで認めざるを得なくなった。

「まぁ、結論を出すなぁ当人たちに話を聞いてからだな」

口にした小磯自身の耳にも、負け惜しみのように響く言葉だった。

五

浅草田圃での辻斬りと、それに続く桔梗や健作の闘いを目の当《ま》たりにさせられた一亮は、その後にあの小屋へ戻された——とはいえ、閉じ込められていたわけではない。その気になれば好きなときに外へ出られたし、実際に厠《かわや》は小屋の中の便壺などではなく、きちんと建てられたところを使うことが許されるようになっている。

ただし一亮が周囲を歩いてみるため小屋から出るのは、いつも決まって夜明け前か日暮れ後で、浅草寺奥山の地から人々の喧噪《けんそう》が聞こえなくなってからのことだった。

天蓋や桔梗などから、そう命ぜられているというわけではない。ただ、今の一亮は人の目に触れることを、なぜか懼れているのだ。

――別段、己は悪いことをしたわけではない。

理屈の上なら、はっきりとそう言い切る自信はある。しかし、心に疚《やま》しいものをいささかも覚えていないかといえば、それはまた別の話だった。

――旦那様やお内儀様が死んだのはひとまず措《お》くとしても、己は小僧仲間が殺された場に居たのに、救けを呼ぶことすらせず逃げ出した。染松さんたちが見つかったのは、たぶん夜が明けてからのことだろう。

己は惨《むご》く殺された者たちをその場に置き捨てて、自分の命だけは救かる途を選んだのだ。さらに、己の怯懦《きょうだ》は今も続いている。

こんなところに隠れ潜むことで生き長らえるのを許されていることに甘え、怯《おび》えて、自訴することもなく無為《むい》に毎日を過ごしているのだ。その気になれば、町方の役人を捜すまでもなく、ここのお寺の坊様方に訴え出れば済むはずだと思えるのに、である。

毎日やることもなくほとんど独り小屋で過ごしていて、考えることはある。

――なぜ、旦那様やお内儀様は、あんなとんでもないことをなすったのだろうか。

――なぜ、桔梗さんや健作さんは、おそらく自分たちとは何の関わりもない旦那様やお内儀様、そしてあの辻斬りの浪人を、己の身を危険に曝《さら》してまで殺すような思い切ったことをしているのだろうか。

――そして、天蓋さまというあのお坊様は、桔梗さんや健作さんとどのような関わり方をしているのだろうか。

裏長屋の浪人者の倅から、商家の小僧になったばかりの己では、考えても判らぬことばかりである。

さらには、一亮などがどのように頭を巡らそうが、もっと判らないことがあった。

――天蓋さまが旦那様やお内儀様、そして辻斬りの侍を指して言った「鬼」とは、「この世に在ってはならぬモノ」、「放置してはこの世が滅びかねぬほどの禍がもたらされる」とは、いったいどういう意味なのだろうか。

言葉のみならずいぶんと大袈裟なと思っただけであろうが、桔梗や健作にあれほどのことをさせている以上は、大真面目だとしか受け取りようがない。

――でも、それでは……。

考えは、堂々巡りをするばかりである。

己が寺の坊主に訴え出ることもなく、大人しく小屋に収まっている理由が、ただの命惜しさなどではなく、「せめてこの不可解な謎を解き明かして生涯を終えたい」、「己が直面した、今まで思いもしなかったような重大事に、きちんとした理由があったのだと、心の底から得心したい」という欲求にあることを、一亮はまだ自覚していなかった。

小磯が単独で進めている調べは、どうやら袋小路に行き当たってしまったようだった。川向こうを受け持ちにする定町廻りの村田に助けを乞うて瓦職の親方だった仙造や佐吉の周辺の者たちに話を聞いても、あるいは日本橋を見回る同じく定町廻りの綾部の力を借りて薬種商いの高麗屋や高麗屋の隠居が使った船宿を訪ねてみても、勇吉から又聞きで仕込んだ話以上の手掛かりは何も摑めなかった。

――こたびの遺骸さんに残った額の傷は、瀬戸物商の身延屋夫婦や浅草田圃の辻斬りとは明らかに違うものなんだから、もういいじゃねえか。

理屈ではそう思うのだが、どこかが引っかかっている感触があって、向島の一件から手を引くことができずにいるのだ。

――じゃあ、おいらが感じてる引っかかりってえなぁ、いってえ何だ。

そう考えて己の心の中を探っていっても、漠《ばく》としてはっきりした答えは出てこない。しいていえば、いずれの殺しにもどこか不可解な点があって、どうにも理屈が通らないというぐらいであろう。

身延屋の一件では、主夫婦殺しの下手人である疑いも濃厚な物乞い姿の男女はいったい何者で、どうしてあのような場に立ち会う仕儀になって、そして最後にはどこへ消えたのか。

浅草田圃の殺しでは、手口からすると身延屋に現れた物乞いの男女の仕業とも思えるが、お城を挟んで真反対とも思えるあのような場所で、どうしてまた身延屋のときと変わらぬような物騒な場に居合わせることになったのか。

そして、こたびの向島の三つの屍体――傷を負っている部位以外、物乞いの男女がやったと思わせるような一致点は見当たらないが、では雪見で舟に乗っていた隠居の老人と七福神巡りで神社に参詣した瓦職の親方たちは、いったいどのような死に方をしたのか。果たして、「空から落ちてくる石」などという突拍子もない物で立て続けに三人も人が死ぬなどということが、本当にあり得るのだろうか。考えても、全てをつなぐ筋も見えなければ、いずれか一つの殺しの謎を解く手掛かりも摑めはしなかった。

――次に何か起こるまで、しばらくは様子見をするよりねえか。

諦めの境地でそう考えたのも、むべなるかなというところだ。

「小磯さん」

御番所は廻り方の用部屋で火鉢の土瓶《どびん》から湯呑みへ白湯《さゆ》を注いでいると、後ろから声を掛けられた。皆がほとんど出払った後であり、己独り出遅れたと思っていた小磯は、土瓶を火鉢の上に置き直してからゆっくりと振り向いた。

「なんでぇ、金戸《かねと》さんかい――今日は、吉原じゃねえのかい」

声を掛けてきた男は、金戸銕太郎《てつたろう》。南町奉行所の隠密廻り同心である。

隠密廻り同心は南北の奉行所に各二名が定員で、奉行より直々に命を受け、場合によっては町方の身分を隠し変装もして内密の探索に当たるのが仕事だとされている。一方、吉原遊郭《ゆうかく》の大門を入ったところには面番所《めんばんしょ》と呼ばれる町奉行所の施設があって、ここに隠密廻りが詰めて日々警戒に当たっていたともいう。

いずれの説も正しいのであれば、「身につかぬ大金を手にした者は、酒と女へ無駄遣いする」という経験則から、普段の隠密廻りは吉原を出入りする怪しげな客を監視し、奉行より特段の命が下ったときだけ潜入捜査を行う、ということかもしれない。

「今月の月番は北町奉行所《きた》だぁな――それよりちょいと、お前さんに訊きてえことがあったんでな」

金戸は、小磯を見据えながら言った。

どうやら、二人だけになるのを今まで待っていたようだ。金戸の態度からも、穏やかに済む話でなさそうだという見当はついた。

「そうかい、いってえ何が訊きてえ」

小磯は火鉢から離れると、湯呑みを手にしたまま空いている場所に腰を下ろしながら言った。金戸は、立ったまま こちらを見下ろしている。

「お前さん、お奉行からの命で何か探ってるそうだな」

金戸の声には、固いものがあった。「奉行直々に探索の命を受ける」という自分の職分を、侵《おか》されたと考えているようだ。

小磯は、白湯を口にしながら穏やかに答えた。

「ああ、ちょいとご相談しなきゃならねえことがあったから、お奉行にお目に掛かったところが、そのまんまおいらに続けろってお指図があったもんでな。いろんなとこへ面《つら》ぁ出して、みんなに迷惑がられてるかもしれねえね」

言いながら、話が漏れたのは村田あたりからか、と考えていた。いちおう口止めはしていたが、仲間内のことであり、金戸から問われれば誤魔化しはできなかろう。

誰かを責めるべきことではなく、己で対処すべき事態なのは確かだ。

「いってえ、何を調べてるんだい」

真っ直ぐに突っ込んできた金戸を、小磯は柔らかに躱《かわ》す。

「おいらの口からぁ、ちょいとな」

「何だって」

金戸の抑えた口調からは、憤りが感じられる。それでも、正直に話す気にはなれなかった。理由は、こちらに敵意を向けてくる金戸への反発からではなく、村田に対して黙っていたのと同じ配慮からだ。

「知りてえなら、お奉行に訊いてくんな」

「おい、おんなし南町《みなみ》奉行所の同心じゃねえか」

詰め寄ってくるのを、口を閉じたまま静かに見返した。

「小磯さん、お前さんがそういう態度を取ったって、みんなに知れ渡ってもいいんだな」

金戸が低い声で圧力を掛けてきた。

町奉行所には、幕府の他の組織や機関とは違った特性がある。奉行も配下の与力同心も幕臣である一方、奉行が栄転するなど次々に変わっていくのに対して、町方の与力同心はお役を免ぜられでもしない限り隠居するまで町奉行所でのお勤めから離れることはないという点だ。

罪人を相手にすることから不浄役人《ふじようやくにん》と呼ばれて距離を置かれ、婚姻《こんいん》に際してもほとんどが同じ町方の役人の家から嫁をもらうなど、親戚付き合いも八丁堀の中で完結する。一部例外的に同心から与力への昇進はあったが、内部でのお役替えはあっても職場自体は変わることがなく、親から子へと代々仕事が引き継がれていくのだった。

つまり、町奉行所の中には、「そのうち異動していく奉行は二階に祭り上げておいて、自分たちだけで連帯する」ような傾向もあったのだ。

こうした意識は、筒井政憲《まさのり》が十年を大きく越えるほどの長期間、町奉行の座に在り続ける南町奉行所でも拭い去られてはいなかった――いや、むしろこのごろでは、奉行の在籍が長くなればなるほど、「次のお奉行に変わる日がそれだけ近づいている」という考えが皆に広まりつつあったと言ってもよい。

奉行所内における上司同僚のものの考え方など十分判っていながら、小磯はあっさりと返事をした。

「好きにしねえな」

今さら、与力に出世しようなどという欲はないし、臨時廻りまで勤め上げられれば上等だと思っていた。子供はいないから、この先どこかからもらう養子には苦労を掛けることになるかもしれないが、どこの誰とも知れない者のことを今のうちから案ずるつもりもない。

ただ、こたび関わることになった一連の凄惨な殺しだけは、何としても解決に向かわせたい——その一心があるだけだ。

「そうかい」

金戸は吐き捨てるように言うと、小磯との間柄を断ち切るように背を向けて去っていった。

金戸の後ろ姿をしばらく見ていた小磯は、視線を手許に戻すと湯呑みをそっと文机の上に置いた。

第五章　討魔衆《とうましゅう》

一

深夜のあの堂宇に、いつもの面々が集まっていた。

「気配が辿れぬだと？」

一人の不審げな声に、別の声が応える。

「芽吹きの気配は濃厚に感じられたとのことにござりますが」

「馬鹿な。それでいて、どこへ向かったのか行く先が判らぬというのは、どういうことじゃ」

苛立っているのは、こたびもやはり樊恵のようだった。

「それが、一番濃厚だったのがあの場にて、周囲をくまなく当たってもただ拡散していくばかりであったと」

「ならば、まだそこにおったということであろうが」

何を当然のことを、と樊恵が呆れた。応えは、知音より確信をもって返される。

「いえ、その場にはもうおりませなんだ。無論のこと、それは最初に確かめられておりまする。

さらに周囲を探って気配の向かった方角が判らぬとなったときに、もう一度初めの場所まで戻って確かめ直しましてござりまする」

「で、やはりどこにもおらなんだと申すか」

「すでに立ち去った後とて、気配はだいぶ薄れかかっておりました。無論のこと再度周囲を探りましたが、やはりどこにも向かった様子は見当たらず……」

「そのようなこと、これまで一度もなかったぞ」

危機感を募らせた別の声が上がる。さらに、不安を掻き立てられた者の発言が続いた。

「まさか、芽吹きの気配を断ち切る術を、会得《えとく》したモノが顕《あらわ》れたというのではあるまいな」

「そのようなモノの話、今まで聞いたことは一度もないぞ」

色めき立つ者が続出する場に、知音の落ち着いた声が響いた。

「まあ、お待ちあれ。一度だけでそのように結論づけるのは、あまりにも尚早《しようそう》にござりましょう」

「とは申せ――」

「たまさか何かの偶然が重なって、そのように思える様相が生じただけやもしれませぬ。いま少し、成り行きを見定める要があるのではござりませぬか」

「……それで、もし我らの危惧《きぐ》したようなことが起こっておったならば」

「対処は考えねばなりませぬな」

この返答には、すぐに僰恵より反発の声が上がる。

「悠長な。さようなことで、もし間に合わなんだらどうする」

知音は、反発してきた僰恵へひたりと目を向けたようだった。

「では、今この時点で、どんな対処をなさんと仰せか」

相手は「それは……」と口ごもる。知音が、さらに言葉を続けた。

「皆様仰せのとおり、これまで『芽吹きの気配を断ち切る術を会得した』などというモノが、我らの前に姿を顕したことは一度もござりませぬ。

にもかかわらず、そのような居るか居らぬか判らぬモノに対処せんと我らが慌てれば、常の備えが手薄になりかねませぬぞ。そうでなくとも、当節は近年にないほど芽吹きが頻発《ひんぱつ》していると申しますのに」

「常の備えは常の備えで、万全を期せばよいではないか」

「口ばかりでなく、それが本当にお出来になりますのか？　今でさえ、手が足らずに天蓋らまで繰り出しておる状況なのでございますぞ」

「しかし、起こるやもしれぬ事態へ、ただ手をこまねいているというのは――」

「重ねてお尋ね致します。それでは、どのような支度をなされると？　もし、実際にこたび芽吹いたモノが、我らが想定しておったのとは違う類《たぐい》の新たな力を獲得しておったならば、我らがなさんとする支度は全くの無駄となりかねませぬぞ。

さらに、付け焼き刃の支度をさせんとしておった中でそうした事態となってしもうたとすると、立ち向かわせる衆に余分な負担を強《し》いたことになりますゆえ、少なからず無駄に疲れさせ気力も殺《そ》いでしまっておることとなりましょう。それで、まともに芽を摘めますかな。もし為損《しそこ》なった際には、相手をみすみす逃すことになるばかりでなく、こちらの大切な手駒を失う危機を招きかねぬということとを、よくよく肝《きも》に銘《めい》じてくださりませ」

「……では、次に起こることを漫然《まんぜん》と待つが上策と申すか」

「ただ指を咥《くわ》えて待っているだけとは申しませぬ」

「どうすると？」

「まずは、こたびの一件が起こった場の付近において、耳目を厚くします」

これには、別な者が同意を示した。

「他が薄くなるのは痛いが、まずは当然であろうな。して、他には」

「我らの打てる手立てとしてはここまで」

樊恵が嚙《か》みつく。

「それだけか。ならば、漫然と待っているだけというのと、さほど違わぬではないか」

「我らの打てる手立てとしては、と申し上げました。他に、ひとつだけござります」

「それは、どういう意味か。芽吹きに備え芽を摘むは、徳川の治政が始まってより、代々我らのみが請けて参ったお役目ぞ。もし、我ら以外に何者かが介在すると申すなれば、とうてい聞き捨てになどできぬが」

「我ら以外の誰か、という意味で口にしたわけではござりませぬ。ただ、上手くいくかどうかは不明ながら、もうひとつ我らの中で動きがあると申したまで」

「我ら『評議の座』が与《あずか》り知らぬところで、動いている者がおると申すか」

驚きを含んだ問いに、脇から苦々しげに口を挟む者があった。

「またあの、天蓋か」

知音は、一揖《いちゆう》して肯定の意を示す。

「あの跳ねっ返りが、またしゃしゃり出ると……で、今度は何をするというのだ」

「芽吹きの気配があった場に、あの子供を連れて参ると」

「あの子供？　身延屋の一件の折、芽を摘んだ場より勝手に連れ帰った小僧のことか。いまだ手許に置き続けていたとは……」

「で、そんな者を連れ出して、いったいどうしようというのじゃ」

「はて、そこまでは聞いておりませぬが」

「なんと──勝手はさせるな。身延屋の一件でも浅草田圃の一件でも、天蓋の振る舞いのせいで町方より妙な目のつけ方をされ始めたのであろう」

「以前も申し上げましたが、天蓋の小組を使わざるを得なくなったのは、我らの備えが手薄だからでございます。

そして、あの小組を出すと我らが決した以上、起こった結果に責めあるは天蓋ではなく我ら。天蓋があの子供を連れ帰ったことと、町方が我らの存在に気づきかけていることとは、何ら関わりはござりませぬ」

「なれど――」

再度の反論が上がりかけたとき、一座のまとめ役万象が「よい」と遮った。

「ほかに手立てなくば、やむを得なかろう」

「そうは仰せになられますが――」

「なに、天蓋に無茶をさせるのも、そう長いことではない。今は、使える者をうまく使ってゆくよりないのじゃ」

まとめ役たる万象の決断で、場は静まった。

知音は、再び一揖して万象に感謝の意を示す。

――うまくいけば、こたびの一件、解決に向かわせられるやも、と。

皆を説得するために、そう口にした。しかし知音は、天蓋がこたびの一件の解決だけを目指して動こうとしているのではないと、はっきり察知していた。

「表に出るぞ」

また小屋に突然現れた天蓋にそう声を掛けられたのは、今日になってからのことだった。突然の指図に戸惑い顔の一亮へ、天蓋は「早くせぬか」と急かしてきた。

「？　今、すぐにでございますか」

「おうよ、そうでなくば、こんな刻限に顔を出したりはせぬわ」

「しかし、陽が高《たこ》うございますが」

「そなたまさか、梟《ふくろう》や土竜《もぐら》に変じてしもうたゆえ、断じて陽には当たれぬ、などと言い張るわけではあるまい」

「そんなつもりはございませんが……他人《ひと》の目を憚らなくて、よいのでしょうか」

遠慮がちに問うた一亮を、天蓋は正面から見据えた。

「別段、そなたはお上のお尋ね者になったというわけではない——まぁ、町方にそれと知られては、少々マズくはあるのだがの」

後半は、天蓋の独り言だったようだ。気を取り直した様子で、改めて言ってきた。

「ひと目見てそなたが何者か見分けるような人物がこの辺りにいるとは思えぬが、ほれ、これを被ればまずは大事あるまい」

そう言って差し出してきたのは、大人用の物よりもひと回り小さな菅笠《すげがさ》だった。


そうして奥山を出た天蓋と一亮は、渡し舟で大川を渡り、向島の地に立っていた。今戸橋《いまどばし》の袂から待乳の渡しで渡し舟に乗り、三囲稲荷の土手下で降りたのだ。

天蓋は隅田堤の上へ出ると、そのまま土手道を北へ向かって歩いた。道すがら、衆人環視《しゅうじんかんし》の中で人が飛礫《つぶて》に打たれて死んだ話を、一亮に告げる。

天蓋の声ははっきりと一亮の耳に聞こえてきたが、そばを歩く人や行き違う人の耳にはほとんど届いていないようだった。かなり異様な中身なのに、誰も驚いたりこちらへ関心を向けてくる者がいなかったので、そう思ったのだ。

――でも、なんで吾にこんな話を。

一亮は、戸惑うばかりである。

「ここから下りるぞ」

天蓋が一亮へ声を掛けたのは、白鬚明神社のそばまで到達したからだった。天蓋に続いて坂を下ろうと足を向けかけた一亮は、ふと何かが気になり川のほうへ視線を向ける。

「どうした」

同行者が立ち止まったのに気づいた天蓋は、振り返って問い掛けてきた。

一亮は「いえ」とのみ短く応えると、己には何が気に掛かったのかを理解することなく、僧侶の背を追った。

一亮が見据えていた大川の上流——そこはちょうど、高麗屋の隠居が舟の中で飛礫に打たれて死んだ辺りだった。

二

白鬚明神社の境内。参道の脇に、天蓋と一亮の二人が佇んでいる。天蓋は網代《あじろ》笠《がさ》の前を持ち上げて遠くを望むふうで、一亮は両手を脇に垂らしたまま目の前を行き交う参詣人を所在なげに眺めていた。

「何か、感ずるところはあるか」

「そう、おっしゃられても……」

天蓋の問いにも、一亮は困惑するばかりである。

「少し、歩いてみるか」

天蓋は、そう言って足を踏み出しかけた。

「この辺りだ、というお話だったのではありませんか」

飛礫に当てられて死んだという、瓦職の親方たちが倒れた場所のことである。

ならば、これより先に踏み込んでも、仕方がないような気がして口にした言葉だった。

天蓋は、笠の陰に隠れた目で一亮をじっと見下ろし、「ふむ」と喉の奥で呟く。

仙造や佐吉という名の親方たちはここから先に行ってはいなくとも、何か手掛かりが見つかるかもしれないとわずかな期待を抱いていたのだが、一亮の言葉を受けて考えを変えた。

「なれば足跡を逆に辿って、親方連中の来たであろう道を戻ってみるか」

最初に踏み出しかけた方角とは、真反対へ向き直って歩き始めた。今度は、一亮も黙って続く。

天蓋は鳥居を抜けて境内の外へ出、向島七福神巡りの最初の寺社である多聞寺を目指し北へ足を向けようとした。

と、またなぜか一亮が足を止めた。

「どうした」

「いえ」

天蓋に問われて歩き出そうとしたが、今度は天蓋のほうが動かなかった。

「お坊さま?・」

「何か感ずるところがあるなれば、遠慮せずに言うてみよ」

「遠慮せずにと仰せになられても……うまく、言えません」

「そなた、堤の上でも川を見ながら足を止めたの。あの折も、何か感ずるところはあったのか」

「感ずるところなどとは。ただ、何とはなしにふと気になっただけです」

「川のほうにか」

「土手上と、水面《みなも》のほう――吾らが立っていたところより五、六町ほど向こうだったでしょうか」

「どう、気になった」

「どう、と言われても。ふと、何かあるような気がしただけです」

そう答えた一亮は、小さな声で「何もありませんでしたが」と付け加えた。

笠の陰からじっと一亮を見ている様子だった天蓋は、「そうか」と言って錫《しゃく》杖《じょう》を持った右の拳《こぶし》を東の方角へと軽く突き出した。それは、この場で足を止めた一亮が見ていた方角だった。

どうしろというのだという顔で、一亮が見上げる。天蓋は、当たり前のことだとばかりに考えを告げた。

「そなたが、案内《あない》せよ」

「案内とは、どこへでございますか」

「そなたがふと気になったという、その場所へよ──まさかに、大川の水面では気安く連れていってもらうわけにもゆかぬが、幸いあちらのほうは地続きのようだからの」

本気なのかふざけているのか、一亮には判断がつかない。

「気になった場所へとおっしゃられても、『ここだ』というはっきりした心当たりは全くありませんが」

「ならば、それでよい。行けるところまで行って、やはり何もなかったということなれば、戻ってくればよいだけ。

どうせ僧侶など、経を目眩《めくら》ましに人々へ善行を強いるような許言《さげん》を弄《ろう》し、食い扶持《ぶち》を得るより他にやることのない暇人じゃ。たとえ無駄足になったとて、その分瞞《だま》される衆生《しゆじよう》が減るだけぞ。気にせず、思うとおりに足を進めよ」

ずいぶんと乱暴なことを口にしてきた。

いまだ本気かどうか確信の持てぬところはあるが、ともかく一亮にやらせるつもりだということだけは確からしい。一亮は、己でもどこへ行くべきかあやふやなまま、指図に従いともかく足を前へ進めた。

今度は、天蓋がその斜め後ろについて歩く。

ほどなく、木々がこんもりと生い茂る雑木林のようなところへ出た。近づいてみると植えられた木や草はきちんと手入れをされているようであり、外との境が縄張りで仕切られているところからすると、何かの庭園らしい。

「大名家のお下屋敷《しもやしき》でしょうか」

自分で連れてきていながらここがどこか判らず、一亮は天蓋を振り仰いで訊いた。

さすがに天蓋は知っているようだった。

「元はお旗本の屋敷だったというから、当たらずといえども遠からずというところかな――ここは、百花園《ひやつかえん》などと申して、様々な木々や草花を植えて花を咲かせ、人を楽しませるところよ」

「百花園……」

一亮は呟きながら、周囲を見回した。天蓋が訊く。

「ここが、そなたの気になったという場所か」

まだしばらく辺りへ目を配った後、一亮はようやく答えた。

「判りません――実は申し訳なきことながら、吾が気になったのは本当にこちらの方角だったのかどうかも、よく判らなくなってきました」

返事をする一亮をじっと見ていた天蓋は、怒り出すこともなくあっさりと言った。

「そうか。そういうことなら、仕方があるまい――せっかくここまで足を延ばしたのじゃ、少し中を覗いていこうか」

言いながら、庭園の入口へと向かう。天蓋の振る舞いに、一亮のほうが呆気《あっけ》に取られていた。

南町奉行所臨時廻り同心の小磯は、向島南西部を縄張りとする岡っ引きの勇吉とともに、長命寺の山門の前にいた。向島土産《みやげ》としてまず最初に名が挙がる、高名な桜餅《さくらもち》を売る見世のそばである。

ただし、小磯に何か目論見《もくろみ》があってここまで来たというわけではない。勇吉ばかりでなく定町廻りたちにもいろいろと面倒を掛け、様々な者と会って話をしたが、新たな事実としてめぼしいものは何も浮かび上がってこず、しょうことなしに、半ば当てずっぽうでここまで出向いてきただけだった。

こんなところへ目当てもなく出向いてきたのは、「ああでもない、こうでもない」と御番所の中で悩んでいても仕方がない、という思いに突き動かされたからではあった。小磯をそんな気分に駆り立てたのは、白鬚明神社の一件の前に、大川に浮かべた雪見舟で隠居が同様の傷で死んでいるという事実に気づいたことが関係している。

人の仕業《しわざ》なのか、それとも偶然の出来事なのかはいまだ不明ながら、都合三人が死んだのがいずれも同じ理由によるものならば、そろそろ次の人死にが出てもおかしくない時期にきていると思えたのだ。ならば、悠長に役所で白湯を啜《すす》っている場合ではなかった。

――次に何か起こるとすりゃあ、諏訪《すわ》明神から三囲稲荷の間のどこか……。

そう見当をつけて、いろいろな名所の中間地点となりそうな長命寺まで出向いたのだ。

「旦那、これからどうなさるんで」

奉行所の小者とともにお供をしてきた勇吉が、小磯に尋ねてきた。来てみたはいいものの、そこから先は動こうともせずにただ立ちっぱなしの臨時廻り同心を見て、さすがに痺《しび》れを切らしたのだろう。

「特段はっきりした目当てがあってやってきたわけじゃねえや。今朝も言ったけどよ、お前さん、他で用があるんだろうから無理に付き合わなくっていいんだぜ」

「いや、お邪魔じゃねえならご一緒させていただきやす」

小磯の言葉が本心からのものであることは勇吉にも伝わっているが、岡っ引きのほうにしたって己の縄張り近くで起きている不審な出来事から目を背《そむ》けるつもりはなかった。ならば、二人ともに糸口すら摑めていなくとも、己だけよりは老練な臨時廻り同心と一緒のほうがずっと心強い。

目当てがないままの行動だと言う相手に対し、勇吉は小磯の振る舞いに同調する考えを口にすることにした――もっとも、半ばただの気休めであると当人は自覚していたし、聞かされるほうもそれは同じであろうが。

「ですが、旦那相手にこんなことを申し上げるなぁ僭越《せんえつ》ってヤツなんでしょうけど、最初が大川は寺島の渡しのちょいと向こうで、次が白鬚明神社となりゃあ、順当に下ってくりゃあこの長命寺だろうってえなぁ、いい読みだとあっしにも思えやすぜ」

せっかくの心遣いのつもりだったが、臨時廻り同心にはあっさり聞き流されてしまった。

勇吉はめげずに無駄話を続ける。ただし今度は小磯のことを思いやってというよりも、ただ突っ立っているのでは間が持たなくなったため、頭に浮かんだことをそのまま口に出しただけだった。

「旦那、ご存じですかい。仙造や佐吉が、あんな目に遭っちまった白鬚明神社のひとつ前に詣《もう》でた多聞寺ですがね、昔ゃあ寺島の渡し場からそう遠くねえところにあったそうですよ。今もそのまんまなら、向島の七福神巡りはもっと楽だったでしょうにねえ」

多聞寺は、向島の北端近くに位置し梅若《うめわか》伝説で有名な木母寺《もくぼじ》よりも、もっと北東方向に建てられている。向島七福神巡りの順路の中で、ひとつだけぽつりと北に離れて立地していた。ただ最初からその地に在ったわけではなく、徳川家康江戸入府の年に起こった隅田川の氾濫《はんらん》を機に、現在の場所へ移ったとも伝わる。

土地の岡っ引きが口にする、とりとめのない話を聞くともなしに聞いていた小磯の目が、急に鋭くなった。

「お前今、なんつった」

ここ数日の付き合いで小磯の人柄も知れ、多分に気を赦《ゆる》しているところのあった勇吉は、図に乗りすぎて気安い口の利き方で相手の逆鱗《げきりん》に触れたかと身を縮こまらせた。

「え？　いや、旦那のお気に障《さわ》ったんなら、このとおり、謝ります。ざっかけねえ（粗野な）育ちだもんですからつい口がすべ――」

小磯は最後まで言わせずにまくし立てる。

「そんなこたぁ気にしちゃいねえや――お前、高麗屋の隠居が石に当てられたのは、昔多聞寺があった辺りの大川沖だって言ったよな」

「……へえ、川を遡って寺島の渡しを越えたとこってこってすから、陸側《おかがわ》へ目をやりゃあおそらくそんな辺りになるかと」

まだ恐る恐る相手の顔を窺うと、小磯は何かを考え込んでいるようだった。

「白鬚明神社で死んだ仙造は、七福神巡りの途中だったよなぁ」

独り言にも聞こえたが、勇吉は小磯の黙考を邪魔しない程度の静かな声で、

「へい」と同意した。

臨時廻り同心の顔には、珍しく迷いが見られる。と、小磯は顔を上げるや、改めて周りを見回した。

——どうせここへ神輿《みこし》を据えてたって、何ごとも起こりゃしねえ。

そんなふうに心を決めたのが、勇吉にも聞こえてきたような気がした。

小磯は勇吉と視線を合わすと、突然翻意《ほんい》を告げてきた。

「場所を変えるぜ」

「いよいよ目星がつきなすったんで？」

「いや、まだ判らねえ。けど、ここに来たんだってただの当てずっぽうで、しかも突っ立ってるより他にやることがねえとなりゃあ、別の当てずっぽうへ足を向けたっていいだろ」

言い捨てるや、小磯はもう一人でさっさと歩き出している。小磯の供をする小者も、同心に振り回されているようだった。

勇吉は、北へ向かって急ぎ足で歩き出した臨時廻り同心の背を、己も早足で追い始めた。

三

長命寺から北へ向かった臨時廻り同心の小磯は、諏訪明神を過ぎると白鬚明神社の手前で道を右へ採った。勇吉にも、ようやく小磯の向かおうとしている場所がはっきりしてきた。

「旦那、百花園へ行きなさるおつもりですかい」

「おう。さっきも言ったが、ただの当てずっぽうだけどよ」

――なんで百花園なんで？

そう訊こうとして、ようやく勇吉にも合点《がてん》がいった。

小磯は、高麗屋の隠居が亡くなったところを勇吉が「かつて多聞寺があった場所の沖」と言ってから考えを変えた。そして、瓦職の親方二人の死んだのが七福神巡りの途中だったということにも、改めてこだわりをみせた。

――そうか。七福神巡りで、多聞寺、白鬚明神社とくりゃあ、確かに次ゃあ百花園だな。

百花園には、向島七福神において三番目の参詣場所となる、福禄寿《ふくろくじゅ》を祀ったお堂があるのだ。

——でも、なんで七福神巡りなんだ？　高麗屋の隠居が死んだなぁ、まだ年の暮れだったし、今日だともう、正月の七日はとっくに過ぎちまってるぜ。

さらにもう一つ。七福神巡りなる行事が流行《はや》り始めたのは、確か勇吉がまだ餓鬼の時分だった。今から三十年ほど前ということになる。実際に行われるようになったのがいつのころからかまでは知らないが、まさか東照権現《とうしょうごんげん》（徳川家康）様がこのお江戸へ初めて入府なすった昔まで遡ることはないだろう。

そんな疑念が次々と頭に浮かんだものの、小磯に問うのはやめにしておいた。

小磯自身も、「ただの当てずっぽうだ」と言っている。小磯に確からしい考えがなくとも、それは勇吉だって一緒だし、だったら苔生《こけむ》すほどに経験を積み重ねた同心の勘に、付き合ってみたっていいじゃねえかと思ったのだった。

——なぁに。仙造と佐吉が殺されたのが白鬚明神社の境内なのに、高麗屋の隠居のほうは川の上だったてえのも、もうそこにゃあ多聞寺がなかったからかもしれねえ。

心の中で強引な辻褄合わせをして、己が小磯に従う言い訳とした。

白鬚明神社から百花園までは、ほんの三、四町だ。町方の御用を勤める二人にすれば、すぐ目と鼻の先といえる近さだった。

天蓋と一亮は、しばらく百花園の中をそぞろ歩いた。白梅《はくばい》、寒椿《かんつばき》、福寿草《ふくじゅそう》……まだ年が明けたばかりだというのに、庭園にはその名にふさわしく、様々な花が咲いていた。

「梅の香りが強いの」

天蓋が、まるでこの地へ遊山《ゆさん》（見物、観光）に来たとでもいうかのように、のんびりと話し掛けてきた。

一亮は「はい」と応ずるだけである。

「亀戸《かめいど》のほうに梅屋敷《うめやしき》と申す庭園があるのを知っているか」

「いいえ。亀戸という土地も知りません」

「そうか。亀戸は、ここから南南東の方角に二、三十町ばかり（三キロ前後）行ったところよ。梅屋敷は水戸《みと》徳川家の光圀《みつくに》公というお名の藩主が名付けられた、臥龍梅《がりようばい》と称する名木《めいぼく》のある場所でな。

この百花園の地には、初めのころ梅ばかり植えられておったゆえ、亀戸の梅屋敷にちなんで新梅屋敷と呼ばれておったと申す。百花園、新梅屋敷の他にも、花《はな》屋敷《やしき》ともいう。元々は骨董屋の隠居が酔狂《すいきよう》で始めた庭造りに、江戸の風流人が寄って集《たか》って手や口を出して、今あるような体裁《ていさい》に仕上がったそうな。何年か前には公方様《くぼう》（将軍。この時代は十一代徳川家斉《いえなり》）もお通り抜けになられたところぞ」

天蓋の博識を、一亮は黙って拝聴《はいちよう》するだけだ。

一亮を連れ出した天蓋は、「で」と話の続きのように問いを発した。

「何か、感ずるものはあったか」

いえ――と答えかけて、一亮は口を噤んだ。東《う》の方角に、なぜか目がいく。

――この感じは……。

急に風が冷たくなったわけでもないのに、どういうわけか背中がそそけ立っていた。そう、以前にも一度ならず覚えた、ゾワリとする肌触りだった。

天蓋が、笠の下の瞳を一亮と同じほうへ鋭く向けた。

「む！」

天蓋が低い唸り声を上げる。この僧侶もやはり、何か感ずるところがあったようだ。

「桔梗、健作」

呟くような低さだが、鋭い声で呼んだ。

すると、いつの間にか一亮らのそばに、桔梗と健作の二人が立っていた。一亮は全く気づかなかったが、どうやら遊山や参詣の客に紛《まぎ》れて、最初から一亮らの近くにいたらしかった。

「くそっ、場所が判らねえ」

「いったいどこにいるってんだい」

天蓋や一亮らと同じほうへ目を配りながらも、目標を見定められない二人は悪態をついた。一亮の目から見ても、冷風のようなものを肌に感ずる以外は、うららかな新春の風景が広がっているばかりである。

「一亮、判るか」

天蓋が、のんびりとした見せ掛けを脱ぎ捨て、切迫した声で問うてくる。

「……」

一亮はすぐには答えられず、かといって簡単に「否《いな》」とも言えずに周囲の気配を探り続けた。

「違っておってもよい。それらしきところを示せ」

待ちきれない様子で、天蓋が新たな指図をしてきた。

――この感触は、何か。

チラチラと、何かが動いているようだ。はっきりとはせぬが、ともかく告げることにした。

「二本並んだ梅の木、左のほうの一番下の枝」

全員の目が一亮の指した場所へ向く。健作は、もう動き出していた。

「むっ」

天蓋が唸った。注意がそこへ向けられていなかったら気づかなかっただろうが、確かに一亮が指し示した辺りから何かが発せられた。

「あっ」

同時に一亮も声を上げた。一亮は一亮で、不意に動きが変わったのに気づいたのだ。

と、百花園の中で花を楽しむ人々の間から戸惑いの声が上がった。

「おい、お前さん、急にどうしたね」

「なんでえ、酔っ払いかい」

「おおい、急病人みてえだ、誰か、手ぇ貸してくんねえ」

見物人の一人が、またあの石に打たれたようだった。

「またっ！」

一亮が、再び小さな叫び声を上げた。

「あれっ、こっちでも倒れた野郎がいるぜ」

「向こうでも何か騒いでやがる——べらぼうめ、いってえ何がどうしたってんだ」

百花園の中は、騒然とし始めていた。最初の一人に続いて立て続けに二人、また倒れる者が現れたのだった。

健作の足は止まっていた。倒れた三人の居場所があまりにも散らばりすぎていて、己らが目指した先が果たして本当に合っているのか、疑念を覚えてしまったためだ。

「逃げる」

自分が指摘した場所へ目をやったままの一亮が呟いた。

その声を耳にして、健作は再び動き出す。迷いを振り切って最初に己が向かおうとしていたところを目指した。

不意に、一亮がまた声を上げた。

「いや、こっちに気づいた——左手の、藪《やぶ》の中！」

「えっ？」

「何っ」

桔梗と天蓋が、一亮の新たな指摘へ同時に戸惑いの声を上げる。

こたび一亮が示した場所は、最初に指し示したところから十間以上（約二〇メートル）は離れていた。気配もさせずに一瞬で移れる距離とは、とても思えない。

一亮の声は健作にも聞こえたのだろう、足取りを緩めて振り向いた。

するとその健作のほうへ、一亮の示した藪から何かが飛び出してきた。

警告のお蔭で、健作は危うく身を避ける。

おそらく健作を掠《かす》めて飛んでいったであろう石礫《いしつぶて》が、背後の椿の枝に当たって葉を飛ばした。

キャッ、キャッ、キャッ……。

一亮の耳に、笑い声のようなものが聞こえてきた。

――ふざけてる？

一亮が感じたのは、どこまでも無邪気な気配だった。殺気はおろか、憎悪《ぞうお》と呼べるほどの明確な敵意すら感じ取ることはできない。

――まるで、ただ遊んでいるようだ。

見世の奉公人たちに手を掛けたときの、身延屋の主夫婦にも罪悪感のような後ろめたさを感じ取ることはできなかったが、この場には「人を殺そう」という目的意識すら存在していない。幼い子供が、己のやっていることの意味もよく考えぬままに、捕まえた虫の羽や脚《あし》を千切り取っているのと同じようだった。

ただ、意識をこちらへ向けたときからは、邪魔立てされることへの嫌悪《けんお》のような感情を抱き始めたように思われた。

「子供……」

「何だと」

一亮の呟きに、天蓋が反応する。

「一人じゃない――少なくとも五、六人はいる」

まだ幼いからか、実際に飛礫を打たんとする間際を除けば、一人一人の発する気配はごくわずかなようだ。さらにそれぞれ別の場所にいるから、近づいてしまうと四方に気配が散って、却って居所が判らなくなるのだと思われた。

事後に跡を追えなかったのも、集団で移動せずバラバラにその場から去っていったからだろう。

一亮の宣告に、天蓋も桔梗も驚きで身を固まらせた。

「右手、池のほとり」

それでも、一亮の声には正しく反応する。今度の石礫は一亮目がけて飛んできたが、天蓋が延ばした錫杖に弾かれて、どこかへ消え失せた。

この間に、健作は元の場所へ戻っていた。桔梗と二人で天蓋や一亮を庇うように立ち、周囲を警戒する。

一亮の心へ触れてくる感情に、明確な敵意が混じり始めた。しかしそれも、自分らの邪魔をしようとした者たちを思いどおりにできないことへの、単純な苛立《いらだ》ちによって引き起こされているだけのようだ。

一亮は、目だけを左右に走らせて周囲の気配を探り続けた。その口が、ぽつりと言葉を発する。

「囲まれた……」

「つ……」

今まで動揺したところを一度も見せたことのなかった天蓋が、一亮の言葉で切《せっ》羽詰《ぱつ》まった顔になった。なぜか天蓋は、身延屋のときとは違って、読経で相手の動きを制約しようとしない。

あるいは、きちんと相手を定めそちらへ向けて念を発しなければ、天蓋の読経は効果を発揮できないのかもしれなかった。だいたいの場所は把握できても、一亮ほど詳細には居所を特定できないのかもしれないし、一度に念を向けるには相手の人数が多すぎるのかもしれない。

いずれにせよこのような展開は、さしもの天蓋も予想していなかったようだ。一亮は、まるで他人事《ひとごと》のように、己の知覚した事実を淡々と告げた。

「今度は、四方八方から一斉に打ってくる」

「桔梗、健作。一亮だけは護《まも》るぞ」

天蓋が己の決意を告げた。

桔梗も健作も、口答えをしない。同じ覚悟でいるようだった。

――駄目だろうな。

口にはしなかったが、一亮はその後のなりゆきを見通していた。

三人の決意に疑いを抱いたわけではない。ただ理詰めで考えて、全周からの同時の攻撃に、三人が対処し続けられるとは思えなかっただけだ。

三人のような体術の心得がない一亮には、飛んでくる石礫を自分で避けたり、弾いたりする能力《ちから》はない。三人が己の身を犠牲にして一亮を護ってくれたとしても、打ち倒されて崩れた一角から次の石礫が飛来すれば、それで仕舞いであろう。

自分などのために、この三人の命が潰《つい》えるのはあまりにも申し訳のないことだ。生来そうなのか、父が死んだときからか、あるいは身延屋で怖気《おぞけ》を震《ふる》うような目に遭ってからなのか、一亮は生への執着というものをどこかに置き忘れてきたようだった。

——吾が最初に斃《たお》れれば、三人はそれぞれ己の身を護りながら逃げ出せるかも。散り散りに逃げれば、追うほうだって二、三人ずつに分かれることになるだろうし。

少なくとも四人のうち一人だけでも生き残るには、皆が傷つく前に自分が斃れ、見捨てられていなければならない。そう考えたが、申し出たところで三人に聞いてもらえるとは思えなかった。

——では、吾より前に進み出て。

そうも考えたが、三人が作った輪の外へ出してはもらえまい。不意に踏み出したりしたら、自分の突飛《とっぴ》な行動で外からの攻撃に対する三人の注意が散漫になる。そのせいで三人のうちの誰かに深手を負わせてしまったのでは、却ってぶちこわしだ。

――じゃあ、どうすれば……。

己の身を捨てても惜しいとは思わぬ一亮も、打つ手を見いだせず進退窮《しんたいきわ》まっていた。

「一亮、まだかい」

焦《じ》れた桔梗が訊いてきた。

一亮は気を落ち着けて、改めて己に触れてくる感覚を確かめ直す。

――何かを振っている？――いや、回してるんだ。

子供らしき気配は、それぞれに何かをくるくると回しているようだった。

――これは、手拭？

一亮には、相手が何をしているのかがようやく判った気がした。二つ折りにした細長い布の折り目のところに石を包《くる》み、切れ端の両端を合わせて手にし、頭上でぶんぶんと振り回しているのだ。

二つまとめて持った端の一方だけを離せば、布で包まれていた石は押さえがはずれて勝手に飛んでいく。それが、今自分たちを襲っている――そして白鬚明神社で人を殺した、飛礫の正体のようだった。

「皆で息を合わせてる。もうすぐ——ただし一度やったらもう調子が判るから、二度目からはそんなにときは掛からないはず。ひと打ちごとに、息もどんどん合ってくる」

手拭に包んだ石を回して放るのは、己の手で直に放るより、息を合わせるのは難しい。しかしそれも、二、三度試せばすぐに慣れるだろう。

気休めを口にしても何の益にもならない。一亮は、正直に告げた。

桔梗は、ジリッと左足を躙《にじ》った。

健作はわずかに腰を落とす。

天蓋は錫杖を手にゆったりと立ったまま、不動に見えた。

キャッ、キャッ、キャッ……。

一亮の耳に響いてくる笑い声は、どこまでも楽しげだった。

四

そのとき、どこかから何かを唱える声が響いてきた。「唱える」というのは声の抑揚《よくよう》からそう思っただけで、一亮には何を言っているのか全く聞き取れなかった。

同じものを、天蓋ら三人も耳にしたようだ。天蓋ははっとし、笠の縁を左手で持ち上げ宙を見上げた。

「この声は……無量《むりよう》」

桔梗は、聞こえてきた声よりも、天蓋の言葉に強く反応した。

「無量だって？　じゃあ、壱の小組が戻ってきてるってかい」

天蓋は桔梗に応えず、聞こえてくる声にじっと耳を澄ます。

すると、急に夜の帳《とばり》が降りてきたかのように、周囲が暗さを帯びてきた。何かを唱えていたのと同じ声が、はっきりした意味を伴ってどこからか語り掛けてくる。

「天蓋、ご苦労。そなたらがここまでやるとは思わなんだぞ。後は、我らに任せるがよい」

どのような技を使ったものか、天蓋へ語り掛けている間も、何かを唱える声は途切れなかった。

桔梗が吐き捨てる。

「冗談じゃないよ。あたしらにここまでやらせといて、美味《おい》しいとこはみんな手前らで掻《か》っ攫《さら》ってく気かい」

無量と呼ばれた声が、興を覚えたように返してきた。

「二進《にっち》も三進《さっち》もいかなくなっておったにしては、ずいぶんと威勢がよいではないか――これぞ討魔の本領というものを、そなたらへ見せてやろう。目を皿のようにし、慎んで拝見するがよい」

言っている間にも、周囲はどんどん暗くなっていく。

「そなたが唱えているのは『涅槃経《ねはんきよう》』――しかしまさか、かような使い方をするとは」

天蓋が、姿の見えない無量に向かって口を開いた。周囲にいるはずの人々へ聞こえてしまうのではという、遠慮を捨てた発声だった――そういえば、自分らの周囲にいるはずの見物の衆の気配が、暗くなると同時に、一亮には全く感じ取れなくなっていた。

『涅槃経』(『大般《だいはつ》涅槃経』)とは、釈迦《しやか》が入寂《にゆうじやく》(逝去《せいきよ》)する前後について記した経典であるが、それまでの諸経を、『法華経』を中核に据えて発展・融合させたような性格をも併せ持っている。中には「これがお経か」と驚くほど激越《げきえつ》な叙述もあり、うち一節には「釈迦が釈迦として生まれる前の過去世(前世)で、仏の教えを誹謗《ひぼう》する者を一剣をもって即座に斬殺した」とまで記されている。

無量が繰り返し読経しているのは、涅槃経のうちのまさにこの部分であった。

通常仏教界では、涅槃経の当該部分について「悪人を如来世界に生まれ変わらせたことを示す比喩《ひゆ》的表現だ」などとされているのだが、無量は経文を、記述されたそのままの意味で直截《ちょくせつ》に用いているものと思われる。

「そなたは、法華経提婆達多品《だいばだったぼん》でいかなる者をも全て救済せんとしておったな——甘いわ。そなたのその甘さが仲間まで巻き込んでの、今の窮地を招いたと知れ」

読経を続けながら、無量は天蓋を断罪した。

天蓋が無言になったのは、相手が言うとおりの現実を前にして、何も言い返せなかったからだった。

一方、一亮らを囲んでいた「子供」らにも、変化はあった。それまではしゃいでいた笑い声がピタリと止まり、不安げに息を殺して周囲を伺うような様子になったのだ。

周りの暗さが増すにつれて、心細さがますます募っていくようだった。

そこへ、無量の感情を殺した声が響き渡った。

「皆の者、懸かれ」

何が起こるのか、「子供」らはじっと息を潜めている。

そこへ、スルスルと何か黒い物が一本、伸びていった。黒い線は狙い澄ましたように真っ直ぐ先端を延ばすと、藪の中へ潜り込んで何かをピシリと強く打った。

「ゲッ」

肺腑《はいふ》の中の息を全て吐き出したような音が漏れる。藪の中から、小さな人影が転がり出た。

その前に、ヌッと立った大男がいた。大男は手にした長い棒の先で、容赦《ようしゃ》なく小さな人影を突き刺した。

男が小さな人影から棒を抜いたとき、人影からは何か黒い物が盛大に噴き出した。同じ液体らしき物が、男が抜いた棒の先からも滴《したた》り落ちている。

地に横たわった小さな人影は、もうピクリとも動かなかった。

大男は止まらなかった。体に似合わぬ素早さで左右を駆け回ると、足を向けた先に一度ずつ棒の先端を突き入れる。棒に突き刺されたのは皆、最初のものと同じほどの小さな人影で、棒に突き出されて隠れていた場所から姿を顕した。

その全員が、人形のようにだらりと手足を下げており、己の体を突き通した棒によって一瞬だけ宙に浮かべられた。

きゃー。

わー。

やだやだー。

いたいけな声が、いくつも一亮の耳に届いた。それは、まだ生き残っている「子供」らが上げた、悲鳴だった。先ほどまでのはしゃいだ様子から一転して、「子供」らの声は恐怖に打ち震え、恐慌をきたしていた。

小さな人影がいくつか、棒を持った大男から逃れるべく、反対の方角へ蜘蛛《くも》の子を散らしたように走り去っていく。

すると、「子供」らの行く手を塞ぐように新たな男が現れた。今度の男はまるで地面に突き立てた一本棒のように痩《や》せていて、背が高かった。

慌てて足を止め、方向を変えようとした「子供」らだったが、勢いがついていたため間に合わなかった。痩せた男は腰から剣を抜き放つと、低い姿勢で何度も薙《な》ぎ払った。

小さな人影は、そのたびにきりきり舞いをし、地に這いつくばった。ただ一つだけ、棒にも剣にも捉えられることなく遠ざかることのできた小さな人影があった。

——逃げ延びよ。

一亮は、つい先ほど己が殺されそうになっていたことも忘れて、ただ一人残った「子供」に心の中で呼び掛けた。さほどに、今目の前で繰り広げられている光景は残酷なものだった。

最後の「子供」は、どうにか凶行の手から逃れられそうに見えたが——無情にも、最初に出現したあの黒い線が真っ直ぐ子供目がけて延びていった。

あっ。

「子供」が上げたのは、悲鳴だったのか。驚きの声だったのか。

スルスルと伸びた黒い線は獲物の右足首に巻きつくと、山なりのうねりを根元から先へと伝えてきて「子供」を宙に放り上げた。

線は宙空へ放り出された最後の「子供」からいったん離れる——するととたんに速度を増し、宙にあるままの「子供」を何度も打ち据えた。

黒い線に打ち据えられるたびに上下左右へと吹き飛ばされる子供は、やがて引き裂かれ、襤褸屑《ぼろくず》のようになって地に落ちた。落ちたときのグシャリという音が、一亮の耳にまで到達した。

「終わったか」

無量の、感情のない声が問うた。

視界の中で立っているのは、棒を持った大男、剣を鞘に納めた長身、そして最後に姿を現した、黒い縄《なわ》のような物を手にした女の三人だけだった。

「よし」

無量はそう言うと、読経の声を高めた。声量はずっと大きくなったのに、一亮の耳にはやはり抑揚をつけた唸り声としか聞こえなかった。

無量の読経とともに、真っ暗だった闇がさらに濃くなる――いや、濃くなったのは本来地面があるべき皆の足元だけだった。

ひと筋の光も果てもない冥暗《めいあん》の中へ、打ち倒された「子供」らの亡骸が、底なし沼に浮かべられたかのようにわずかずつ沈み込んでいく。

と、それまで口を閉ざしていた天蓋が、耐えられぬとばかりに声を上げた。

「無量。そなたまさか、こたびの鬼どもを皆、無明《むみよう》の無間地獄《むけんじごく》へ堕《お》とす気か」

無間地獄は、仏教にいう八大地獄《はちだいじごく》の最下層に存在する場所で、この地獄の業《ごう》を抜けるには、数多《あまた》ある地獄の中でも最も陰惨《いんさん》な責め苦を、最も長い年月受け続けねばならないところだとされる。

返された声からは、打ち倒した者らへの憐《あわ》れみなど、やはりひと欠片《かけら》も感じ取ることはできなかった。

「相手は鬼ぞ。元の世界へ返してやって、何が悪い。それに、真っ昼間の衆人環視の中へ、これほどの数の子供の亡骸を残しておけると思うか。大騒ぎとならぬようきれいに始末するのに、他の手があるなれば教えてもらいたいものだ」

言い返された天蓋には、返す言葉がないようだった。

「何だい、いったい何が起こってるんだい」

桔梗が苛立った声を上げた。無言ながら、健作も同じ思いでいるようだ。

周囲が漆黒《しっこく》の闇に閉ざされているからには、当然のことだったかもしれない

――が、なぜか一亮は、今起こった出来事の一部始終を目に焼き付けていたのだった。

「惨《むご》いことを……」

呟いた一亮は、隣に立つ天蓋を見上げた。

「この世が滅びかねぬほどの禍をもたらすやもしれぬとは伺いましたが、たとえ

それでも、いたいけな幼き者らを、かほどの目に遭わさねばなりませぬのか」

一亮の訴えを受けても無言のままの天蓋に代わり、無量が応じてきた。その声には、この場における初めての感情の発露《はつろ》――驚きが含まれていた。

「ほう、小僧。我らが振る舞いをその目で見たか。なるほど、こたびの鬼どもを看破したのは、ただのまぐれではなかったようじゃの。たいしたものよ」

無量の感嘆を聞いて、天蓋は一亮を隠すように前へ踏み出した。

「この者、そなたには渡さぬぞ」

フッ、フッ、フッ、フッ……。

闇の中で、押し殺したような笑い声が響いた。

「要らぬわ。己の身ひとつ護れぬ者など、我らにとっては足手まといでしかない。その小僧、そなたらのような半端者の集まりなら、ちょうど似合いであろうよ」

その言葉が終わると同時に読経の声も消え、周囲は一気に明るくなった。人々が行き交う喧噪も戻ってくる。

一亮は、瞬《まばた》きを激しく繰り返しながら周囲を見回した。もし菅笠を被っていなければ、しばらくは陽の光が眩《まぶ》しくて、とてもできなかったことだったろう。

百花園に群れ集う人々の一部は、何ごともなかったように花を愛《め》で、同行の者らと談笑しながら歩いていく。ただ何箇所かの者たちだけが、倒れて額から血を流した人物を中心に、輪を作り救けを求める声を上げていた。

――つい今《いま》し方《がた》あったことに、誰も気づいていない……。

一亮は、茫然と佇んでいた。そうするだけのときがあったのは、天蓋も一亮と同じように、何をするでもなく、しばらくただ立っていたからではなかろうか。

ようやく、斜め上から天蓋の声が降ってきた。

「もはや我らに為せることはない。行こうか」

優しげな天蓋の声は、敗れて終わったかのように打ち沈んで聞こえた。

すでに桔梗や健作の姿は、どこにも見つけることができなかった。

五

南町奉行所臨時廻り同心の小磯が、己の縄張りから踏み出している岡っ引きの勇作らとともに百花園に駆けつけたときには、すでに三人の見物人が額に石を受けて倒れ伏していた。

「畜生、遅かったかっ」

勇吉が悪態をついた。間に合わなかった悔しさは当然強く感じているものの、同時に自分をこの地へ伴った小磯の勘働きの鋭さへ、舌を巻いてもいた。

――七福神巡り最初の多聞寺が、かつてあった場所の近くで一人。白鬚明神社じゃ二人。そして三番目のここ、百花園で三人！

どういう理屈でそういうことになったのかは己などの理解を超えているが、老練な臨時廻り同心の勘がぴったり当たったことだけは疑いようがない。

倒れた者には戸板が運ばれてきたが、皆ぐったりとして体から力が抜けている。小磯は怪我人のうち一人の脈を取ってみたが容易には感じ取れぬほど弱く、もう手の施しようはなさそうだった。

戸板に乗せられた者が次々と持ち上げられ、いずこかへと運ばれていく。勇吉は付き添おうとしたが、小磯はその場に残って周囲を見回した。

何かが第六感に触れ、臨時廻り同心の心を波立たせていた。

――ここで死んだなぁ、ホントに三人かい。

見物人が次々倒れたという突拍子もないことは起こったが、それ以外は新春の穏やかな陽射しを浴び、花々が耀くのんびりとした庭園の風景が広がっているだけだ。

――けど……。

小磯にはなぜか、この平穏な地が、七人もの惨い屍体が転がっていた瀬戸物商身延屋の見世の中を超えるほど血腥《ちなまぐさ》く感じられていた。

周囲を見回す小磯の視線が、ふと一点で止まった。そこには、子供連れの奇妙な僧侶が立っていた。

――いってえ、あの坊さんの何が気に掛かる？

己にそう自問しながら、小磯は口を開きかけた。ともかく声を掛け、話を聞いてみるつもりになっていた。

が、「そこの坊さん」と声を掛けようとした瞬間、左右からやってきた若い男女が己のすぐ目の前ですれ違い、一瞬だけ視界が遮られた。

また目の前が開けると――当然、刹那《せつな》前と同じ景色が広がっていたにもかかわらず、あの僧侶と子供だけ、まるで掻き消したように姿が見えなくなっていた。

せわしなく周囲を見回してみるが、それらしき人影はどこにも見当たらない。

木陰に隠れることも無理なほどのわずかなときしか目を離してはいなかったし、僧侶と子供がいた周囲には、隠れようとする突然の妙な動きを目にして驚いた様子の者が一人もいないにもかかわらず、だ。

「お前、あすこにいた子供連れの坊主がどこへ失《う》せたか、見てたかい」

己の隣に佇んだ小者へ叩きつけるように訊いたが、相手は「え」と、戸惑い顔になるばかりだった。

小磯はそれ以上小者には構わず、二人が消えた辺りへ向かおうと一歩踏み出した。

「旦那」

勇吉が背中へ声を掛けてくる。

「怪我人連中はお前さんに任せた。後はよろしくな」

小磯は振り返りもせずに、勇吉へ告げた。

怪我人がどこの誰で、結局命が救かったのかどうか。そして何より、怪我をする前にいったい何が起こったのか――運ばれる者らに貼り付いて見聞きしなければならないことが山ほどあったので、命ぜられた勇吉は従うよりない。

勇吉に任せておけば間違いはないと信じている小磯は、もう怪我人への関心を薄れさせていた。消えた僧侶と子供がどこへ行ったのか、それだけを考えている。

が、おそらくはもう見つかるまいということを、小磯は心の片隅ではっきりと予測していた。それでも、捜さずにはいられない。

なぜか。

どうしても気に掛かって仕方がないからである。あの二人が――いや、僧侶のほうよりも連れられた子供のほう、菅笠の陰から一瞬だけ目が合った相手の姿が、小磯の目蓋に焼き付いて離れなくなっていたのだ。

――あの子供、なんであんなに静かで、そしてとんでもなく悲しい目をしてたんだ。いったい何を己の内側に抱えりゃあ、あんな目の色になるってんだ……。

己の関わるべきことかどうかは不明ながら、ともかく小磯はあの子供と話をし、心の内をわずかでも聞き出してみたかった。

ぶっ裂《さ》き羽織《ばおり》に黄八丈《きはちじよう》の小袖を着流し、紺足袋《こんたび》の雪駄《せった》履きで髷《まげ》は細い八丁堀風――明らかに町方同心と判る男が供の小者をつれて右往左往しているのを、花を見物に来た客たちは邪魔にならぬように避けながら、遠巻きにして興味深げに眺めていた。

深夜のあの堂宇。今宵は珍しく、一座を取りまとめる万象が口火を切った。

「向島の一件も、首尾よく片がついたそうじゃの」

「壱の小組が戻ってきましたからには」

樊恵が機嫌よく答える。それだけでは飽き足らなかったようで、さらに付け加えた。

「これで、天蓋やら天蓋が勝手に連れて参った小僧やらを、使わずとも済むようになりましたな」

が、一同の中から異論が出た。

「それは、どうでございましょうかな」

やはり、知音であった。樊恵はムッとして問い質す。

「どういう意味じゃ」

「確かにこたび芽を摘んだは壱の小組なれど、芽吹く場を突き止め鬼の実体を明らかにしたるは、天蓋とその連れの子供だったと申しまする」

「馬鹿な。天蓋率いる小組は、その場にはおったが手も足も出ずに、危ういところを壱の小組の面々に救われたと言うではないか。知音、まさかそれも違っておるなどとは申すまいの」

「樊恵様がおっしゃったこともまた、事実にございましょうな」

ならぬ」

それを受けて、樊恵は一足飛びに結論を口にする。

「なれば、役立たずであったことは否定できまい。天蓋らは、まだことに当たらせるには時期尚早なのじゃ。引っ込めて、さらなる修練を積ませねばならぬ」

しかし、知音は肯《がえ》んじなかった。

「仰せはごもっともなれど、今の我らが、さほど悠長に構えておられるものでござりましょうか。壱、弐の二つある小組のいずれかが手許で即座に使えぬという事態は、これからも起こり得るものと心得ておかねばならぬと存じまするが」

知音を論破しようと口を開きかけた樊恵を、まとめ役の万象が抑えた。自ら問いを発する。

「知音、そなたの申すことに道理がないとまでは言わぬものの、樊恵が明らかにしたように、天蓋の小組では正面へ出すに心許《こころもと》ないこともまた事実。そなた、それをどう考える」

「はい。確かに万象様、樊恵様方が仰せのとおり——しかしながら、彼《か》の者らが向島にて芽吹きの気配を察し、鬼の居場所を突き止めたる能力を、以後使わずにおくというのもあまりに惜しゅうござります。

天蓋らがあの場に行かなければ、果たして壱の小組が相手の実体を把握し、うまく芽を摘めたかどうかも定かではありませぬしな」

この言いように樊恵は反駁《はんばく》しかけたが、またも万象に目顔で抑えられた。万象は、ともかく最後まで知音に存念を話させるつもりだった。

その配慮への感謝を示すため一揖し、知音は先へと進めた。

「なれば、正面への対処はなるべく避けつつ、天蓋が新たに得た能力《ちから》を発揮させる使い方をするのが良策かと存じまする」

知音の提案を受けて、万象が思索を進める。

「……はっきりはせぬものの、芽吹きの気配が疑われるところへ出すか」

とたんに、樊恵が反発した。

「馬鹿な。そのために耳目衆がおるのであろう。そなた、天蓋らを討魔衆としては使えぬゆえ、耳目衆より役目を割譲させせんと心得おるか。

そのようなことをしてみよ、始祖より脈々と受け継がれてきた我らが仕組みを、そなたの一存で壊すことになりかねぬのだぞ」

「確かに我らが仕組みはこれまで上手く動いて参りましたが、それが齟齬《そご》をきたし始めたのがこたびの事態だったのではございませぬか。始祖とて、今あるような仕組みをきちんと創《つく》り上げられた後に、初めて芽を摘む業《わざ》をお始めになったわけではないはず。いろいろな形を試しながら、そのとき一番よいと思われ出来上がったのが、今のこの仕組みだったのでござりましょう。

が、当節は始祖のころとは様相がずいぶんと変わってきております。もはや、『試行錯誤は始祖がお済ませになったから、我らは安閑《あんかん》として出来上がったものをそのまま受け継いでいけばよい』、などという時代ではなくなっておりましょう」

暴論にも聞こえる知音の主張に、樊恵はすぐに言葉も出ないほどの怒りを示した。

それを横目に、万象は問う。

「なれば、どうする。そなたが口にした『新たな能力』とは、実際には天蓋が連れて参った小僧が持つものであろう。なれば小僧を、耳目衆に組み入れればよいだけの話ではないのか」

「ろくに読経もできぬ、しかもまだようやっと十四に達したばかりの小僧を、耳目衆の中には入れられませぬ」

樊恵が断じた。知音は、己の考えを静かに口にする。

「こたび、しばらく壱の小組が使えぬとなって、我らは弐の小組を二つに分けるか、それとも耳目衆に芽吹く場へ立ち会わせるか、散々に頭を悩ませましたな。その結果、天蓋らを『疑いはあるが確かではない』と思われるほうへ差し向けました――これからも、同じようにすればよろしいのではございませぬか。何も、芽吹くか芽吹かぬか定かではないところへ、我らの貴重な戦力たる二つの小組のいずれかを即座に向かわせる要はありますまい。『おそらくは大丈夫、たとえ芽吹いたとしても天蓋らで何とかなりそうだ』というところには、天蓋らを差し向ければよろしいかと存じまする」

「耳目衆は、そのままにか」

「天蓋らにしても、実際ことに当たらせ芽を摘ませていったほうが、一本立ちは早かろうと考えまするが」

知音に説得されそうな万象へ、樊恵は反対を強く主張した。

「いけませぬ。こたびの成り行きを見ても、天蓋らを出したがために町方に気取られかねぬという、不測の事態を引き起こしておりまする。これ以上、あやつらを外へ出すのは、あまりにも危のうございますぞ」

知音は、樊恵を無視し一座の皆に向かっていった。

「これは、我一人の考えに非ず」

樊恵がキッとなって詰問する。

「他に、そなたの無謀な考えへ誰が賛同しておるというのじゃ」

答えは、静かな口調で返された。

「この場で愚僧が申し上げたことは、無量よりの申し入れに沿ったものにございますれば」

「壱の小組の小頭が……」

愕然《がくぜん》とした樊恵がぽつりと呟いた。

※

闇の中。しかし、あの堂宇とは違って蒸し暑く、腥い臭いが充満し、ときおり赤黒い光が明滅するような場所。低い地鳴りのような音が、その場にいる者の耳をずっと煩《わずら》わし続けている。

オオオオオ……。

聞こえてきたのは、風の荒《すさ》びか。それとも、人ならぬ何かのむせび泣きか。やがてその不吉な音は、呪詛《じゅそ》の響きを伴い言葉になった。

「赦さぬ。我が子を皆、奪うとは」

オオオオ……。

「討魔などと、偉そうにほざきよって、いつまでもお主らの好きにはさせておかぬぞ」

むせび泣く声は、いつまでも闇の中で谺《こだま》し続けていた。